潘允中　著

明心与醒世

《西游记》的人生哲理

天津社会科学院出版社

图书在版编目（ＣＩＰ）数据

明心与醒世 ：《西游记》的人生哲理 ／ 潘允中著
. -- 天津 ：天津社会科学院出版社，2023.9
ISBN 978-7-5563-0897-2

Ⅰ．①明⋯ Ⅱ．①潘⋯ Ⅲ．①《西游记》－人生哲学
Ⅳ．①I207.414

中国国家版本馆CIP数据核字(2023)第141130号

明心与醒世 ：《西游记》的人生哲理
MINGXIN YU XINGSHI ：《XIYOUJI》 DE RENSHENG ZHELI
选题策划：韩　鹏
责任编辑：吴　琼
责任校对：付聿炜
装帧设计：有品堂_刘　俊
出版发行：天津社会科学院出版社
地　　址：天津市南开区迎水道７号
邮　　编：300191
电　　话：（022）23360165
印　　刷：北京盛通印刷股份有限公司
开　　本：710×1000　1/16
印　　张：12.25
字　　数：165千字
版　　次：2023年9月第1版　　2023年9月第1次印刷
定　　价：58.00元

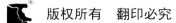

明心与醒世——《西游记》的思想主旨

一

　　"西游"故事自唐初玄奘法师去往天竺取经之后，就一直在民间流传。《大唐西域记》《大慈恩寺三藏法师传》中的真实历史人物，逐渐演变成《大唐三藏取经诗话》《唐三藏西天取经》中的神话传说人物。在成书于明代中期的百回本《西游记》中，孙悟空取代了唐三藏，成为取经队伍的主角。猪八戒、沙和尚、白龙马的形象塑造，也已大致定型。吴承恩的《西游记》是"西天取经"故事的集大成之作，当今公认的中国古典四大名著之一。不仅在国内家喻户晓，在全球也具有广泛影响。

　　百回本《西游记》出现后，对于这部作品的主题思想，历来众说纷纭。我们试举几例，尤侗在《西游真诠》序中说："函关之书，参心炼性之功也；东鲁之书，存心养性之学也；西竺之书，明心见性之旨也。上'心'与'性'，放之则弥于六合，卷之则退藏于密。其揆一也，而莫奇于传说。"他从三教合一的角度，以"心"与"性"统合全书题旨，颇有见地。在《西游记》第二回中，作者写菩提祖师讲学："说一会道，讲一会禅，三家配合本如然。开明一字皈诚理，指引无生了性玄。"孙悟空所学，即此道无疑。他在离开三退国时，对君臣僧俗人说："望你把三教归一，也敬僧，也敬道，也养育人才，我保你江山永固。"

　　刘一明在《西游原旨》序中，亦有此说："其书阐三教一家之理，传性命双修之道。"认为这是修道之书，未免言过其实。"悟之者在儒即可成圣，在释即可成佛，在道即可成仙。"将一部小说作品，说得神乎其神。"盖西天取经，演《法华》《金刚》之三昧；四众白马，发《河》《洛》《周易》之天机；九九归真，明《参同》《悟真》之奥妙；千魔百怪，劈外道旁门之妄作；穷历异邦，指脚踏实地之工程。"将《西游记》作为证道书，并附会为长春真人丘处机所作的说法，历来大有人在。

二

　　针对这种将"证道"附会到小说之上的现象，胡适在《〈西游记〉考证》中指出："这三四百年来的无数道士、和尚、秀才弄坏了。道士说，这部书是一部金丹妙诀。和尚说，这部书是禅门心法。秀才说，这部书是一部真心诚意的理学书。这些解说都是《西游记》的大仇敌。现在我们把那些什么悟一子和什么悟元子等等的'真诠''原旨'一概删去了，还他一个本来面目。至于我这篇考证本来也不必做；不过因为这几百年来读《西游记》的人都太聪明了，都不肯领略那极浅极明白的滑稽意味和玩世精神，都要妄想透过纸背去寻那'微言大义'，遂把一部《西游记》罩上了儒、释、道三教的袍子；因此，我不能不用我的笨眼光，指出《西游记》有了几百年逐渐演化的历史；指出这部书起于民间的传说和神话，并无'微言大义'可说；指出现在的《西游记》小说的作者是一位'放浪诗酒，复善谐谑'的大文豪做的，我们看他的诗，晓得他确有'斩鬼'的清兴，而绝无'金丹'的道心；指出这部《西游记》至多不过是一部很有趣味的滑稽小说，神话小说；他并没有什么微妙的意思，他至多不过有一点爱骂人的玩世主义。"

　　《西游记》中对妖魔鬼怪的描写比比皆是，但都不过是隐喻象征。该谐幽默的笔法,让本来阴森恐怖的情景,变得妙趣横生。堪称"黑色幽默"文学的鼻祖。对于胡适的说法,鲁迅亦有同感,其在《中国小说史略》中写道:"然作者虽儒生,此书实则出于游戏,亦非语道,故全书仅偶见五行生克之常谈,犹未学佛,故末回至有荒唐无稽之经目,特缘混同之教,流行既久,故其著作,乃亦释迦与老君同流,真性与元神杂出,使三教之徒,皆得随宜附会而已。"他认为小说的主旨,近于谢肇淛所言:"《西游记》曼衍虚诞,而其纵横变化,以猿为心之神,以猪为意之驰,其始之放纵,上天下地,莫能禁制,而归于紧箍一咒,能使心猿驯伏,至死靡他,盖亦求放心之喻,非浪作也。"

三

古人所见乃三教合一,身心性命之道;今人评论乃诙谐幽默,讽喻世事的游戏之作。作者对"西游"故事的最大改写,是将一个有宗教情怀的求道故事,变成一个具有世俗意味的警世故事。虽然全书中有大量关于修炼悟道的描写,而且师徒四人的经历,亦可看作是与"心魔"的斗法,但最终的落脚点却是对世道的改变上。历史上的玄奘法师是出于自己的信仰,冒险偷越国境去求经的。而虚构中的三藏法师,是因为唐王之意而去取经的。

书中写的明白,每当唐僧介绍自己时,都会说他是奉东土大唐皇帝之命去西天取经的。孙悟空肯拜他为师,认同的就是这个身份。包在五行山下问唐僧:"你可是东土大王差往西天取经的么?"而唐僧对于自己肩负的使命,也是十分清楚的。当他自告奋勇,接受差遣时说:"贫僧不才,愿效犬马之劳,与陛下求取真经,祈保我王江山永固。"当他的几个徒弟,对他说任务艰巨时,他回答道:"大抵是受王恩宠,不得不尽忠以报国耳。至此去真是渺渺茫茫,吉凶难定。"作为御弟钦差,唐僧的主要身份不是求法僧人,而是对外使臣。

　　对于自己身负的重任,唐僧有时会感到力不从心,甚至心生疑窦。在陈家庄去往西梁女国的渡口,他看见商人在冰上行走时,不禁感叹道:"似他为利的,舍死忘生。我弟子奉旨尽忠,也只是为名,与他能差几何?"取经团队每到一处,表面上是与妖怪斗争,实际上的敌人是自己的"心魔"。每当他们真正认识到自身的问题,能够改正自己的错误时,面临的困境就会迎刃而解。在取经路上的初期,师徒们并不团结,彼此缺乏信任。这在孙悟空三打白骨精的故事中,体现得十分明显。孙悟空的固执、唐僧的轻信、猪八戒的嫉妒、沙僧的冷漠等缺点,都在事件的发展中暴露出来。

　　取经团队的分裂和重新聚合,就是每个成员对自己缺点的克服。显然,这是一支要完成特殊使命的队伍,由各具特长的精英组成。但同时他们也都是戴罪之身,之所以会加入这一艰巨任务,是为了将功补过,重新做人。所以,取经过程是他们对各自罪过的救赎之旅。他们在取经的路途中,在克服困难的努力中,自我净化、改过自新。四人一马都有不平凡的出身,除了唐僧成为肉体凡胎之外,孙悟空、猪八戒、沙和尚对于自己曾经的功绩,总是津津乐道。当然,其中不乏对以往过错的轻描淡写。在取经之前,孙悟空、猪八戒、沙和尚、白龙马是羁押犯、流放犯、苦刑犯、死刑犯,唐僧是相对处罚最轻的一个。在犯了错误后,他们失去了往日的荣光,前途一片黯淡。

四

　　对于《西游记》前七回中孙悟空的形象,由于受影视动画等改编作品的影响,给人一种顶天立地、反抗英雄的印象。其实很多人喜欢的是被压在五行山下之前，大闹天宫的齐天大圣孙悟空，而不是后来戴上紧箍儿习孙行者。但是，如果我们抛开先入为主的观念和影视作品改编后的印象，认真地阅读原著，就会发现作者在前七回中描写的，是一个占山为王、与朝廷作对，后来接受招安又因待遇不好，最终与天庭决裂，遭到镇压的造反者。在书中，像孙悟空这样的山大王，取经之前有与他结拜的六个魔王，后来有西行路上的各路妖王。牛魔王是他们的代表，而孙悟空与其结拜兄弟，行径上并无太大的不同。因此，在原著的描写中，孙悟空的造反并不具有起义的性质。如果不是天庭看不起他"妖仙"的出身，没有真正加以重用，他就不会大闹天宫。孙悟空两次造反，起因都是对自己的待遇不满意，与反抗压迫和追求公正并无多少关系。当天庭派兵向他兴师问罪时，他并没有否认。"这几桩事，实有、实有！但如今你怎么？"在他觉乱蟠桃会后，认为："这场祸，比天还大，若是惊动玉帝，性命难存。走！走！走！不如下界为王去也！"因为心虚而潜逃。

那么，孙悟空喊出"皇帝轮流做，明天到我家"的口号，又当如何解呢？我们看他接下来的话："只教他搬出去，将天宫让与我，便罢了；若还不让，定要搅攘，永不清平！"他造反就是为了自己当皇帝。前面的诗句，表达的意图更明显："强者为尊该让我，英雄至此敢争先。"此时的孙悟空，认同的是强权霸道的丛林法则。如果尼采看过《西游记》，或许会将其记为"超人"的原型。因为孙悟空惊地府、闹龙宫、闹天庭，上天入地下海，破坏一切既定秩序，蔑视各种等级规范，将自己的强力意志无限扩展，超越善恶的彼岸，追求绝对的自由，正是酒神精神的最佳代表。但是，这种自由并非是吴承恩认同的，如来代表了作者的立场："你那个初世为人的畜生，如何出此大言！折了你的寿算！趁早皈依，切莫胡说！但恐遭了毒手，性命顷刻而休，可惜了你的本来面目！"在孙悟空与王灵官打斗时，作者诗云："赤胆忠良名誉大，欺天诳上声名坏。"如果说作者是在正话反说，未免有过于阐释之嫌。吴承恩一直表达的思想是："心即猿猴意思深"，"紧缚牢拴莫外寻"。孙悟空是如来收服的,即"万相归真从一理,如来同契住双林。"紧箍咒是如来的法宝,在完成取经任务后,孙悟空要求唐僧念松箍咒。唐僧对他说:"当时只为你难管,故以此法制之。今已成佛,自然去矣,岂有还在你头上之理!"

在孙悟空的生命成长历程中,曾有过一段无法无天、自由自在的时段。显然,这样的自由,无论是中国古代的儒、道、佛三家,还是近代英国的洛克、法国的卢梭、德国的康德都不会认同。用梁启超的话来说,这是一种野蛮的自由,而不是文明的自由。在以花果山为根据地,占山为王的初期,孙悟空为了武装队伍,到傲来国寻找兵器。见人都在光天化日之下,他心中想道:"这里定有现成的兵器,我待下去买他几件,还不如使个神通觅他几件倒好。"这是明目张胆的强取豪夺。如果他真当了皇帝,后果可想而知。作者在诗句中,表达了对大闹天宫时孙悟空的态度:"恶贯满盈今有报,不知何日待翻身。""恶贯满盈身受困,善根不绝气还升。"为孙悟空改过自新,重新做人埋下了伏笔。

五

五百年后,当观音为了组建取经小队,经过五行山时对孙悟空说:"你这厮罪业弥深,救你出来,恐你又生祸害,反为不美。"孙悟空知道机会难得,立刻表态:"我已知悔了,但愿大慈悲指条门路,情愿修行。"而取经团队的其他成员,也都犯有各样罪过和错误。唐三藏身为佛祖弟子,不听教诲,轻慢师长。"灵通本讳号金蝉,只为无心听佛讲,转托尘凡苦受磨,降生世俗遭罗网。"小白龙自诉:"因纵火烧了殿上明珠,我父王表奏天庭,告了忤逆。"纵火烧毁宝物,目无尊长。猪八戒被流放,"只因醉酒戏嫦娥",身为朝廷重臣,生活腐化,毫不检点。沙僧被罚是因为"失手打碎了玻璃尽"，工作不够认真，毁坏公家财物。孙悟空自以为是、唐僧有过不知、小白龙追悔莫及、猪八戒本性难改、沙僧变本加厉。在取经团队组建的初期，每个成员都背负着沉重的过去，带着各样的缺点，有着自己的盘算。正是在面对困难，度过危机之后，他们产生了信任，学会了团结，增进了感情。

取经路上的妖魔鬼怪，是师徒四人"心魔"的外化，与他们的斗争，尤是对自身缺点和不足的克服。正如书中所言："自到西方无对头，牛王本是心猿变。"牛魔王被降服之后说："情愿归服佛家也！"罗刹女不日："从立自新，修身养命去也。"火焰山给附近的居民造成严重灾害，根源乃由孙悟空而起。孙悟空在与牛魔王夫妇的斗智斗勇中，往往都是先礼后兵。过去的孙悟空即此时的牛魔王，孙悟空战胜了昔日的自我，不再逞强斗狠、也不再单打独斗，而是利用对手的家庭矛盾，借助八戒与各路神佛的力量，降服了魔王，熄灭了火焰山，解决了问题，造福了百姓。

孙悟空取经前是个孤勇者，后来成为受众人爱戴的大救星。以前他师天宫只是为了自己扬名立威，而取经路上斗妖魔是为了度化众生。在比丘国，唐僧师徒救了城中的小儿后，"无大无小，若男若女，都不怕他相貌之丑，抬着猪八戒，扛着沙和尚，顶着孙大圣，撮着唐三藏，牵着马，挑着担 一拥回城，那国王也不能禁止。这家也开宴，那家也设席。"孙悟空、猪八戒、沙和尚面恶心善，经过取经途中一路上的历练，可谓脱胎换骨。身上的兽性逐渐减少，神性越发增多。作者诗云："阴功高垒恩山重，救活千二万万人。"为凤仙郡求雨成功后，唐僧对孙悟空大加赞赏：'贤徒，这一场善果，真胜似比丘国搭救儿童，皆尔之功也。"沙僧也说："比丘国只救得一一一百一十一个小儿，怎似这场大雨，滂沱浸润，活救者万万千千性命！第二也暗自称赞大师兄的法力通天，慈恩盖地也。"自从"真假猴王"事件之后，唐僧就再也没有念过紧箍咒，这说明孙悟空已经不再我行我素，与唐僧之间充满信任和默契，猪八戒的挑唆再也无用。

六

在取经之路的后期,团队的内部矛盾得到了化解。孙悟空和唐僧有如父子般亲密,与猪八戒、沙和尚如同兄弟般友好,整个队伍亲如一家。对于他们来说,取经之路也就是修行之途,明心见性亦是修身养性。"明心"的历程是"内圣"之修炼,"醒世"的作为是"外王"之践履。在取经的路途中,师徒几人经过荒山野岭、大河小泽、乡村市镇、通都大邑,不仅要和各路妖魔斗智斗勇,还要与平民百姓、君王大臣打交道。在他们经过的宝象国、乌鸡国、车迟国、祭赛国、女儿国、比丘国、天竺国、玉华县、金平府等地,大多国王昏庸、朝政腐败,民不聊生、怨声载道。尤其是车迟国和比丘国,国王迷信民间术士,妄想长生不老,偏听偏信、误国误民。取经队伍所到之处,救助了无辜的百姓、平反了陈年的冤案,教训了糊涂了国王、改变了民众的信仰。与搭救落入妖魔手中的唐僧相比,孙悟空对生活在水深火热中百姓的救助,更显明了他由自我逍遥向助人为乐的转变。

在取经之前的孙悟空身上,更多体现的是道家的逍遥;走上取经之路的孙悟空,身上更多表现的是佛家的慈悲。孙悟空的性情能力变化不大,精神境界却提升了很多。不仅是他,就连恶习最多的猪八戒,取经后期亦有很大进步。在金平府捉犀牛怪时,四星对他说:"天蓬元帅近来知理明律,却好呀!"八戒回道:"因做了这几年和尚,也略学得些儿。""明心"为内圣,"醒世"为外王。作者通过对取经故事的演绎,表达了他的内圣外王思想。即通过人生旅途中的为人处世,不断发现并改正自身的缺点,提升精神和道德境界,战胜困难,造福大众。

《西游记》具有儒、释、道三教的修身思想、救世情怀;同时包含了丰富的做人智慧、处世之道,堪称中国传统文化精神的集大成之作。千百年来传承至今的思想和哲理,对于我们今天仍然具有重要的启迪意义。

目　录

第一章

天地开辟与石猴出世

一

　　《西游记》第一回的标题是"灵根育孕源流出 心性修持大道生"。开头是一首诗,然后是一段讲天文的文字,讲完天文再讲地理。当这些都讲得差不多的时候,这部小说的主人公才从石头里蹦出来。本来《西游记》是一部很有趣、很好看的书,但这个开头却让很多人觉得有些云里雾里。我小时候就没怎么看明白,而且这第一回的十八首诗赋,因为看着实在费劲,就都跳过去了。后来,我又看了由这本书改编的电视、电影和动画,还是没太明白,作者到底要表达什么意思。而很多研究《西游记》的书,不看还好,越看就越不明白了。直到我再次认真重读原著时,才恍然大悟。就是因为我把开头这些重要的部分略过去了,才没有理解作者写书的真正用意和良苦用心。

　　　　混沌未分天地乱,茫茫渺渺无人见。

　　　　自从盘古破鸿濛,开辟从兹清浊辨。

　　　　覆载群生仰至仁,发明万物皆成善。

　　　　欲知造化会元功,须看《西游释厄传》。

这首诗的大概意思是说,在远古还没有天地的时候,宇宙之间一片迷蒙混沌,分不清东南西北,上下左右。如同一个没有成型的鸡蛋一样,蛋壳、蛋清和蛋黄是混合在一起的。后来这团浑然一体的自然元气,经过漫长的演化,终于孕育出了一个原始生命体。也就是我们中国古代神话中,开天辟地的大英雄盘古。盘古诞生之初,不过是个婴儿,后来不断地成长,最终将这团元气分开。清的上升为天,浊的下降为地。之后盘古的身体发肤、四肢百骸、眼耳口鼻变成日月星辰、山川河流、天地万物。

这首诗的前四句,简单地提了一下这个故事。而后四句又讲到自从天地开辟的时候起,一切事物的发展和运行,都依赖着至仁至善的大道。如果你想知道造化神奇和仁善之道的关系,就看这本《西游释厄传》。对于释厄,一般有两种解释:第一种,释,是指释迦牟尼的弟子,泛指一切佛教徒。在这里特指唐僧和他的徒弟们。厄,就是灾难。即唐僧师徒,怎么经历各种艰难险阻取经的故事。另一种解释是,释就是放下、释放。厄,恶念。释厄,就是放下恶念,追求良善。两种解释合起来,就是唐僧师徒们通过各样内外考验,最终取得真经,并让世人们通过这个故事来认识自我、弃恶从善;明心见性,获得解脱。

我们在阅读取经故事的时候,内心与唐僧师徒们一样,也在经历九九八十一难。不断认识是非善恶,真假美丑,发现自己的本来面目,唤醒心中的良知善念。因此,这是一部描写每个人心灵之旅和心路历程的作品。为什么唐僧师徒取得真经之后,在回大唐的途中,还要遭遇第八十一难呢?难道仅仅是如来和观音,要完成当初的计划和任务吗?当然不是。根本的原因在于,他们要让唐僧师徒经历完整的考验,彻底地认识到自己的不足之处。唐僧因为忘了通天河老鼋精的请求,即使走完了取经的路,拿到了经书。还是要过这最后一关,所以连人带经都掉在水里。西游过程中的每一难,都是有原因的,如来设计好的。特别的磨炼和考验他们,让取经人在经历磨难和克服困难中不断地成长。取经历程看似九死一生,但其实却是有惊无险。目的是培养他们的意志,塑造他们的品格。从取经的过程,我们可以逐渐认识到造化神奇和仁善之道间的关系。

二

我们弄明白了作者写作的目的之后,再继续说整个故事发生的时空背景。吴承恩一开始,就用源自中国古代经典《易经》中的宇宙时空观,来交待《西游记》故事发生的大背景。刚才我们说到盘古开天辟地的神话,很形象、很生动地描述了天地的创造和万物的起源。但是神话故事毕竟只是人们用想象和寓言,来解释世界的一种方式。这种方式很浅显易懂,但同时会带来很多问题。比如,混沌之前是什么样的,盘古是怎么出现的。吴承恩用北宋大儒邵雍的时间循环理论,来解释世界的形成和发展。

我们现在就简单地来看一下,邵雍《皇极经世》中的时间观。在古代一天有十二个时辰。一个时辰相当于今天的两个小时。十二个时辰是按照地支来排列的,从子时一直到亥时。三十天为一个月,十二个月为一年,和我们今天是一样的。而三十年,被称为一世;而十二世,就是一运;三十运,就是一会;十二会,就是一元。即:1 元 = 12 会 = 360 运 = 4320 世 = 129600 年。

一元,相当于一个大年,有 129600 年;一会相当一个大月,有 10800年。邵雍将这一个大年,分为春夏秋冬四季,一年四季分为 24 个节气,一个大月有两个节气。因此,每个节气就有 5400 年。

子	丑	寅	卯	辰	巳	午	未	申	酉	戌	亥
冬至	大寒	雨水	春分	谷雨	小满	夏至	大暑	处暑	秋分	霜降	小雪
小寒	立春	惊蛰	清明	立夏	芒种	小暑	立秋	白露	寒露	立冬	大雪

立冬:戌会之终,则天地昏曚而万物否矣。

小雪：再去五千四百岁，交亥会之初，则当黑暗，而两间人、物俱无矣，故曰混沌。

大雪：又五千四百岁，亥会将终，贞下起元，近子之会，而复逐渐开明。

冬至：邵康节曰："冬至子之半，天心无改移。一阳初动处，万物未生时。"到此天始有根。

小寒：再五千四百岁，正当子会，轻清上腾，有日，有月，有星，有辰。日、月、星、辰，谓之四象。故曰，天开于子。

大寒：又经五千四百岁，子会将终，近丑之会，而逐渐坚实。《易》曰："大哉乾元！至哉坤元！万物资生，乃顺承天。"至此，地始凝结。

立春：再五千四百岁，正当丑会，重浊下凝，有水，有火，有山，有石，有土。水、火、山、石、土，谓之五形。故曰，地辟于丑。

雨水：又经五千四百岁，丑会终而寅会之初，发生万物。历曰："天气下降，地气上升；天地交合，群物皆生。"至此，天清地爽，阴阳交合。

惊蛰：再五千四百岁，正当寅会，生人，生兽，生禽，正谓天地人，三才定位。故曰，人生于寅。

邵雍用四季循环交替的理论，来解释自然和历史的发展。他认为无论是天地万物，还是社会历史、个体人生，都会经历由盛而衰、由衰而盛的发展过程。这种理论和印度的永恒轮回理论是很相似的。成、住、坏、空，万物变异，没有本性，因此一切都是空的。认识到万物皆空之后，还不是真正的悟。因为在纷繁的变化背后，有一个主宰着这一切的终极存在。而一切的修炼和追求的最终目的，就是认识到这个终极存在，进而超越轮回，进入与这个终极存在合一的永恒境界之中。在印度叫梵我合一，在中国叫天人合一。

三

作者交代完天文,又开始交代地理。东西南北,四大部洲,买自于弗教的说法。而佛教的这种说法,又继承自古印度的吠陀教。在古印度的世界观里,世界的中心是一座大山,叫须弥山。日月星辰、大陆海三都围绕在这座大山的周围。山上住着印度的众神,其中有四个天神是管辖四大部洲的,就是我们常说的四大天王。四大天王随着佛教来到了中国,就具有了中国的色彩。分别被赋予了中国名字和职能。增长天王广霉礼青,掌青云宝剑,职风。广目天王魔礼红,掌碧玉琵琶,职调。多闻天王魔礼海,掌昆元珠伞,职雨。持国天王魔礼寿,掌紫金龙花虎貂,职顺。

吴承恩在小说中,采用了四大部洲的说法,因为这与后买的取经故事有关。说完大陆,再说海岛,这回他采用的是道教的说法。十州,三岛,都是指海外神仙居住的地方。(《海内十洲记》载,十洲为瀛洲、玄洲、长洲、流洲、元洲、生洲、祖洲、炎洲、凤麟洲、聚窟洲。三岛,指蓬莱、方丈、昆仑)提到这些洲和岛,都是为了衬托花果山的美妙神奇。作为擎天之柱、大地之根的花果山,最神奇之处在于,这座山上有一块仙石。长年累月受日月精华之后,终于有一天从里面蹦出一个石猴。石猴的出生和盘古有些相似,虽然没有开天辟地的壮举,但还是达到了石破天惊的效果。猴子眼中射出的两道金光,惊动了玉皇大帝。玉帝本来是道教的神祗,在宋朝之后,逐渐成为中国民间信仰中的最高天神。在《西游记》里,他就是天庭的皇帝。玉帝开始被孙悟空吓了一跳,派千里眼和顺风耳一打听,听说是个石猴,就没放在心上。可是他却没想到,这个石猴日后会给他带来大麻烦。

石猴一出生,两只眼睛就直往天上看。这说明在他的天生里,有一种积极性上的东西。在后面的故事中我们会看到,无论是大闹天宫,还是西游取经途中,他勇往直前。石猴先学道、后学佛,但在骨子里流淌的,还是儒家的血液。他身上所体现的,既不是道家的避世,也不是佛教的出世,而是儒家的入世态度。西游取经本来是一个具有浓厚佛教色彩的故事。但是在吴承恩的笔下,这个故事变成了以中国古代阴阳五行学说为基础,融合儒、释、道多种思想,带有民间乐观精神、幽默喜剧特点的小说。因此,我们说吴承恩不仅是一个优秀的小说家,同时也是一个杰出的思想家。

四

我们再来看,石猴出生之后,又做了什么事情。简单来说,就是通过两次跳跃找到了两个洞,花果山水帘洞和灵台方寸山斜月三星洞。这两次跳跃,对他以后的人生发展,具有重要意义,分别让他成为了美猴王和孙悟空。我在这里说的跳跃,不是指表面的动作,而是指深层的选择。石猴有惊人的天赋,但是光有天赋,不懂得如何发挥出来,天赋就会慢慢地退化消失。

石猴在童年的时候,其实跟别的猴子没有什么两样,整天就知道玩闹嬉戏。玩着玩着就长大了,并且遇到了人生中的一个重要机遇。猴子们想去探寻一处水流的源头,但都不敢去,只有他冒险前去,结果找到了水帘洞。这个小插曲告诉我们一个道理,只有勇于探索的人才会有所发现。我们常说,性格决定命运。这时的石猴还没有拜师学艺,不会筋斗云和七十二般变化。他有的只是与生俱来的勇气和探索精神,因此不负众望,成为了猴子们的领袖。如果一个人,善于运用他的天赋,就会成为与众不同的人。因此,认识自己是件非常重要的事情。

我们再来看石猴的第二次跳跃,成为猴王的他,本来过着逍遥自在、称王称霸的舒坦日子。但是有一天,却思考起人生的问题来。我为什么活着？我活着的意义是什么？他天性中不断向上追求的意念，促使他产生了不满足于现状，追求更高目标的想法。进而让他走上了寻求生命解脱，超越死亡束缚的道路。从这里我们可以看到，在他的心灵中，一直渴望着自由。当然，他所理解的自由，就是自由自在，不受管辖的一种状态。为了这个人生理想，他放下了优越的生活条件和权力地位。孤身一人漂洋过海，来到南赡部洲。南赡部洲在小说中指的就是与西天相对的东土，也就是大唐。但他在这片国土上，没有找到神仙，看到的只是沉迷于世俗生活，追名逐利的芸芸众生。其实这一段是作者的一个铺垫，正是因为南赡部洲的人们整日奔忙不休，想着升官发财，缺少精神追求，没有求道之心。世上才迫切需要有一个取经人，到西天取得真经"永传东土，劝化众生"。

第二章

拜师学艺与回归家园

一

　　《西游记》是一部具有教化意义的浪漫神话小说。神话的特点，就是想象和虚构。但是神话中的虚构，并不仅仅是凭空想象，而是具有象征和寓言的意义。也就是说，能够成为神话，并流传下去的故事，都是有一定的道理和意义在里面的。而且里面的道理和意义很丰富，不同的人从不同的角度，能读出不同的意义。在《西游记》里，充满了中国古代神话的因素，有的来源于佛教，有的来源于道教，有的来源于民间传说。这些神话因素在《西游记》里，都是经过作者加工改造过的。与原来的神话原型和人物形象，是有一定的出入。我们上回说到孙悟空的出生、成长、称王和外出学艺。这是一个石猴逐渐由无生命的石头，到有生命的猴子，再到一个人的过程。当然，这个过程听起来有点像进化论，但实际上只是形似神不似。

　　在第一回的描写中，虽然石猴和其他猴子以及飞禽走兽都是以拟人化的形象出现的。但是他们的生活，还是贴近群居动物，而不是人类的。我们应该还记得，石猴是怎么成为猴王的，就是勇敢地冒险一跃。开始猴子们进入水帘洞的石猴，"一个个抢盆夺碗，占灶争床，搬过来，移过去"。完全忘记了先前所说的，"那一个有本事的，钻进去寻个源头出来，不伤身体者，我等即拜他为王"这样的承诺。但是石猴自己却没有忘记，于是说道：

"列位呵，'人而无信，不知其可'。"提醒大家不要光顾着自己搂东西，要按照先前的约定拜他为王。这些猴子倒也真讲信用，这样石猴就变成候王了。

其实这不是没有原因的，首先，石猴找到水帘洞，证明他是有本事的。其次，正因为找到了这个洞天福地，让他们"刮风有处躲，下雨有处身。霜雪全无惧，雷声永不闻"。为大家做出了巨大的贡献。石猴王是又既有本领，又有功劳，为猴群带来好处和利益，才被奉为猴王。这表明一个道理，是一个人要想当领导、做领袖，就要有本事、能做事。无仑是在低等的动物群体，还是在高等的人类群体。都是如此。

我们说石猴有进取心、上进心，其实这也是一颗不安分、不清足的心。上回书中说道，猴子们在水帘洞里过了三五百年逍遥快乐的日子后，猴王在"喜宴之间，忽然忧恼，堕下泪来"。突然想到了生存的意义问题。如果我们看到后面勾死人的说出孙悟空的寿命是三百四十二岁时，再简单地算一下就会知道。其实在拜师学艺之前的猴王，已经进入老年了。所以这个忽然，一定是他发现自己年老体衰后，才会出现的想法。这也就是说，幸好他那时想到这个问题，不然的话，不仅他自己，以后他身边这群子猴孙们，都会过得很惨。因此，石猴的第二次选择，不仅改变了他自己，还改变了猴群的整体命运。这让我们看到，跟对领导是非常重要的。我们在做什么事的时候，一定先要看领头的人怎么样。只有跟对了人，才会大有前途。

二

猴王在南赡部洲没有遇到神仙，但也不是全无收获。至少学了人样，会说了人话。于是他又漂洋过海，来到西牛贺洲。也就是小说中的西天。

寻访多时,终于功夫不负有心人,遇见了一个打柴的樵夫,指点他来到灵台方寸山、斜月三星洞。其实灵台方寸,斜月三星,说的都是一个"心"字。作者将儒、释、道思想,融合在这部小说里,靠的就是这个心。这个心可以理解为"本心、真心、良心"。儒、释、道都讲心,但作者的思想,更偏重当时明代中后期的心学。因为心学本身就是儒学吸收了佛道思想的产物。这点在小说中是很明显的。

猴王用了多年时间,终于找到了一个可以给他指点迷津的神仙,即须菩提祖师。他在《西游记》里是一个身份十分神秘的人物。因为在孙悟空拜师学艺之后,就再也没有在书中出现过。而且在他赶孙悟空走的时候,特意警告孙悟空说不许提他的名号。他在收猴王为徒的时候,已经有了十辈徒弟。那个与他为邻的樵夫也说,祖师的徒弟不计其数。由此可见,他绝对是佛门中的一个很重要、很有名气的人物。可是在后面的大闹天宫和取经故事里,他不但没有露过面,而且名字也没被提起过。因此,这个须菩提,很可能是后面故事里一个改变了身份的人物。

电影《大话西游》里有一句台词:"你还没有变成真正的孙悟空托世,这是因为你还没有遇上那个给你三颗痣的人。"我们在这里套用一下,石猴之所以会成为孙悟空,是因为他遇到了须菩提。我们应该记得,须菩提祖师在收徒之前,曾经问石猴一个问题:"你姓什么?"但是石猴没有明白祖师的意思,回答说:"我无性。人若骂我我也不恼,若打我我也不嗔,只是陪个礼儿就罢了,一生无性。"他说的是性格,就是说,我没什么性格,也没什么脾气。这说明石猴虽然当了三百多年的猴王,但基本是在带着猴子们吃喝玩乐,相当是一个孩子王。而在后来的求学过程中,他孤身一人,漂泊在外。虽然吓唬过人,抢过衣服。但那是为了融入人类世界,不得已而为之。在之后却是老实本分的。

但是我们知道后来的孙悟空,可是心高气傲的不得了。由此可见,由最初那个没有性格的美猴王,到后来成为任性妄为的孙悟空,这一变化的根本原因在于石猴拜师学艺后有了本领，而且是天大的本领。 从孙悟空求得他的名字，正式地成为一个人开始，他的心就开始发生了变化。动物和人类的一个很大的区别在于，动物只是为了需要的满足而生存，而人类却是为了欲望的实现而生活。也就是说，只有人才会有欲望和欲情。我们要回想石猴出生的时候，两道目光直射到天上。说明他虽然在出生时是个猴子，但却有人的潜质。因此他在后来真从猴变成了人。花果山上有几万只猴子，最后只有石猴变成了人。说明这不是普遍的规律，而是偶然的事情。有欲望才会有追求，有不满才会有进取。石猴从花果山出来到方寸山，用的时间和唐僧取经的时间差不多。而在山上学艺，又用了好几年时间。在这个过程中，他发生了根本性的变化。而这究竟是怎么发生的呢？

三

猴王一见到须菩提，就磕头下拜叫他师父。可见他真是一片诚心，拜师心切。可是须菩提却并不急于收徒，而是问了他几个问题。猴王虽然学了人样，会说人话，但终究还不是真正的人。因此祖师收他为徒的第一件事，就是为他取了一个人的名字。直到这时，他才真正从猴变成人，有了孙悟空这个名字。在给猴王取名时，祖师特意提到了化育和婴儿。祖师收他为徒，是要像对待一个初生的婴孩一样，养育和教化他。而整部《西游记》，其实就是讲孙悟空如何从冥顽不灵，一步步地走向大彻大悟的过程。当然这个过程很漫长，而且充满了曲折和艰难。

开始的时候，悟空"与众师兄学言语礼貌，讲经论道，习字焚香，每日如此。闲时即扫地锄园，养花修树，寻柴燃火，挑水运浆"。这着是日常生活，似乎跟学道没有太大关系。其实祖师的用意，是让他先学会做人和做事。就这样一晃六七年过去了。一次祖师在上课的时候，悟空听得兴高采烈,手舞足蹈。祖师看出他的心思,于是问他要学什么道。悟空说道:"但凭尊师教诲,只是有些道气儿,弟子便就学了。"在这里我们可以看到,悟空一直没有忘记他来拜师学艺的初衷。祖师听后,对他说道:"'道'字门中有三百六十傍门,傍门皆有正果。"然后系统地介绍了术、流、静、动四字门中之道。

每当祖师说完这些法门的内容之后,悟空总是问一句。"似这般可长生么?"祖师都回答说不能。其实这里提到的,是佛道两家的一些修行方法,在古代很流行。但是作者借须菩提之口说道,这些对于求取真道来说,都是技术和方法,如果想长生不老的话,却如同壁里安柱或水中捞月。悟空一听,当然不愿意学了。他不远万里,漂洋过海,为的就是学习长生不老的真道,而不是这些旁门左道。这对我们是很有启发的。现在我们有高等教育,也有各种专科学校和技校。大家都愿意上大学,尤其是名牌大学,甚至是出国深造。但是,是否考上最好的大学,受过最高等的教育,将来就一定会获得最好的工作,做出一番杰出的事业呢? 一般来说,可能性是相对会大一些的,但不绝对。

从根本上来说,所有的学校所教的无非就是知识和技能,关键是一个人能不能从对知识和技能的学习中,达到"由技进道"的境界。古人有一句话说的非常好,三百六十行,行行出状元。不管是数理化、还是文史哲,甚至是音乐、绘画、体育、表演,等等。只要能在任何一个方面,达到一定的层次和高度,就会获得相应的成功和成就。所以,立定长远的目标,坚持不懈地努力,才是成功的关键。所谓的各种捷径,都是歪门邪道。我们再回到这本书,孙悟空的意思是说,你教我哪些法门不重要,能不能达到我要的目的,才是最重要的。祖师一听,跳下高台,手持戒尺,在悟空头上打了三下,倒背着手,撇下大众而去。老师上课上到一半,突然被气走了。这可把其他同学吓坏了,纷纷责怪悟空。悟空什么反应呢? 只是满脸赔笑,忍耐无言。他已经猜出了祖师的用意,心里正得意着呢。

四

　　祖师很高明,通过与悟空的问答,知道他真的很想学长生不老的真道。但是在众人面前,又不能不对悟空这种表面上顶撞老师的行为置之不理。于是用一种很隐晦的方式,告诉悟空晚上要单独将秘道传给他。如果悟空没有猜到祖师的用意,他可能就学不到了。祖师这样做,用心是良苦的。而悟空也没有辜负祖师的一番苦心,按照祖师暗示给他的时间和地点,半夜悄悄地来到祖师的榻前。祖师醒来后,说了一句诗。其中一句是"不是至人传妙诀,空言口困舌头干!"他对于悟空能猜透其用意来到这里,还是非常高兴的。于是将长生不老的真道传给了悟空。这里有一点要说明,虽然祖师在讲课时"说一会道,讲一会禅,三家配合本如然",并且在给悟空传道时说:"工完随作佛和仙"。可是我们从后文可以看到,悟空这时学的是成仙之道。而后来从五行山下出来,走上西游取经的道路时,才开始修佛之道。无论是仙道,还是佛道,在小说里都是一种比喻。是小说开头的那首诗中提到的"至仁成善"的大道之一个侧面的反映。

　　悟空在祖师的教导下,学会了七十二变和筋斗云。这里有一个小细节,就是祖师问悟空要学七十二变,还是三十六变的时候,悟空回答说"弟子愿多里捞摸,学一个地煞变化罢。"说明孙悟空是非常想多学本领的。正是他在后来的三年中学到的功夫,让他具有了大闹天宫和降妖除魔的本事。能力见长的同时,他的内心也开始渐渐发生变化。祖师开始教他道时,他还能忍耐无言。可一旦本领学到手,就开始显摆起来。先是在大家面前翻筋斗云。这时有人说道:"悟空造化! 若会这个法儿,与人家当铺兵,送文书,递报单,不管那里都寻了饭吃。"这句话说出他们学艺的态度,不过是想以后有一门技艺混口饭吃。正因为他们没有更高的追求,所以祖师没传给他们更多的本领。

后来悟空得到秘传的事情,渐渐地被师兄弟们知道了,估计是他自己口风不严。然后又在大伙面前变大树,正在洋洋得意的时候,惊动了祖师。祖师喝退其他人,只把悟空一个留下,对他说了一番意味深长的话:"悟空过来! 我问你:弄甚么精神,变甚么松树? 这个工夫可好在人前卖弄? 假如你见别人有,不要求他? 别人见你有,必然求你。你若畏祸,却要传他;若不传他,必然加害:你之性命又不可保。"

祖师的话,对悟空来说是一个善意的提醒,告诉他即便有天大的本领,也不要卖弄。因为人的心里充满了欲望,看到别人有的东西而自己没有,难免会产生羡慕、嫉妒、恨。不管做什么或者不做什么,都应该低调一点。悟空听后,向祖师承认自己错了。祖师说你从哪来的,就回哪去吧。悟空说我还没报答你的大恩,怎么能就这么走了呢? 祖师说:"那里甚么恩义?你只不惹祸不牵带我就罢了!"由此可见,祖师知道悟空以后要闯祸的,而且要闯的是滔天大祸。对他说:"你这去,定生不良!"祖师对自己教的这个徒弟,是非常了解的。警告他说,你以后可千万不能说你的本领是跟我学的。我们在以后的故事中可以看到,悟空真的没有说出他的师父是谁。但是,祖师就真的没有被他牵连吗?

悟空虽然被祖师赶走,但已经学到一身本领。学业有成,梦想实现,心里还是挺高兴的。正如他自个儿说的:"去时凡骨凡胎重,得道身轻体亦轻。举世无人肯立志,立志修玄玄自明。"这首诗再次说明一个道理,有志者事竟成。能立下远大志向,并坚持努力的人,必然求仁得仁,求道得道。孙悟空驾着筋斗云,一溜烟地飞回老家花果山。却没有想到,一到家就得到一个不好的消息。在他出去学艺的这些年里,有个叫混世魔王的家伙,要占领他们的洞府。孙悟空一听,立刻就来气了。好你个混世魔王,竟敢趁我不在家,到我家里来又抢东西又抓人,看我怎么收拾你。这时的孙悟空,跟学艺之前的性格脾气,已经完全不一样了。正应了那句话,自信来于实力。听说混世魔王住在北边,他一个猴兵猴将都不带,自己独自一个就打上门去。如果没有混世魔王侵略花果山的事情发生，或许孙悟空压根就不会走上大闹天宫的路。为什么这么说呢？正是混世魔王的出现让他认识到，这个世界上并不是所有的个人或群体，都愿意自给自足、自得其乐。总有一些人，以为自己本领高强、力量大，被利益和欲望驱使去侵害别人。

混世魔王就是一个欲望膨胀的妖魔，不但抢了水帘洞里的东西，还抓走很多猴子。但这样还不满足，他还想占领整个水帘洞。为了保护自己的家园和子民，孙悟空挺身而出，找上混世魔王。大战数合之后，便把对手打败。我们不能说混世魔王很弱，只不过这时的孙悟空太强了。混世魔王本以为孙悟空又矮又挫，大意轻敌，却没想到没几个回合就栽到对方手里。所以自以为强大、仗势欺人的家伙，最后难免都会落到这个下场。所谓的善有善报，恶有恶报，不是不报，时候未到。所以说，欲望膨胀的后果严重，抢夺别人的东西，迟早都会还的。

孙悟空打败混世魔王之后，不但把被抢走的石盆石碗，被抓去的小猴带回水帘洞，还一把火烧了水脏洞。我们可以想一下，如果孙悟空不在二十年前出去拜师学艺，那么水帘洞被混世魔王霸占，只是迟早的事情。这告诉我们，知识就是力量，知识改变命运。正是孙悟空当初的那个正确的选择，不仅改变了他自己，而且改变了花果山上所有猴子的命运。孙悟空战胜敌人，凯旋之后，将自己拜师学艺的经过，向众猴们说了一遍。之后，猴子们都跟他一样姓了孙。孙悟空通过混世魔王这件事认识到，以前那种不伏麒麟辖，不受凤凰管，又不伏人间王位所拘束，自由自在的日子，已经一去不返了。

要想过太平的日子，就要建立自己的武装和军队。从此让小猴们砍竹为标、削木为刀，逐日练演武艺。以前的花果山群猴，只是一个原始部落。从此以后，开始向王国发展。这种变化，有外在的客观原因，但更主要的是，孙悟空在打败混世魔王之后，信心增强，野心膨胀。之后，他又发生什么事来了呢？

第三章

建立武装与天庭受封

一

　　孙悟空学艺归来,不仅本事大了,脾气和野心也随之渐长。为了花果山水帘洞的安全起见,他开始建立起武装和军队。这天孙悟空看着猴兵猴将们拿着竹标和木刀演习,突然发现一个问题。自己每天搞军事演习,周围的那些国家会不会感到威胁,并因此而先发制人呢? 一旦打起仗来,己方的武器装备这么落后,怎么能有胜算呢? 想到这里,他召开了一次军事会议。会上几个见多识广的老猴跟他说,离花果山二百多里,有一个傲来国,那儿有很多兵器。孙悟空一听可高兴了,翻着筋斗云来到傲来国,一声招呼不打,就把人家库里的兵器卷走。以前孙悟空在拜师学艺的时候,只敢吓唬人,抢件衣服穿。现在可不一样了,一下就把人家成百上千件兵器都拿走了。他虽然拜在须菩提祖师的门下,出身名门,学的是正道。可一旦离开学校,没有老师管他,就仗着自己的本事,做起偷盗的事情来。正应了祖师临走时,对他说的那句话:"你这去,定生不良!"

　　孙悟空从傲来国卷来兵器之后,回到花果山做的第一件事,就是按照猴子的数目,编制正规军。一数下来,猴子居然有四万七千多只,这下可把花果山的其他飞禽走兽吓得够呛。书中说这花果山中有七十二洞妖王,见到孙悟空在山上搞大阅兵,被他的阵势镇住了。"都来参拜猴王为尊。每年献贡，四时点卯。也有随班操演的，也有随节征粮的。齐齐整整，把一座花果山造得似铁桶金城。各路妖王，又有进金鼓，进彩旗，进盔甲的，纷纷攘攘，日逐家习舞兴师。"这段话说明什么？孙悟空不战而屈人之兵，以强大的军事实力，直接征服了周围的小山头，成为了花果山上的霸主。从前他只是在花果山上一群猴子的头儿，现在成为了整个花果山上所有飞禽走兽的王。

七十二洞妖王都臣服于他，说明他这个时候，已经成了一个魔王。此时的孙悟空，跟混世魔王已经有些相似了，但他的本领要比混世魔王大得多。混世魔王只能欺负一些没有头领的猴子，而孙悟空为了寻找一件得心应手的兵器，居然敢跑到东海龙宫里，这胆子可够大的了。自信来源于实力，孙悟空来到龙宫见到东海龙王，自称是花果山天生圣人。按理说，孙悟空这时从修行上来看应该是仙，但从行为上来看已经是魔。但他却以圣人自居，一来说明他想掩盖自己的师承，二来说明他很自以为是。

龙王见到这个不速之客，在没弄明白对方底细的时候，对孙悟空还是蛮客气的。可孙悟空却一点儿也不客气，一开口就要兵器。龙王为了试探他到底有多少斤两，于是上手下们将刀、叉、戟拿到他面前，一试才知道，这个孙悟空还真是来者不善。不仅是龙王，就连龙婆和龙女，也看出这个猴王绝非小可，要想打发他走，只能拿出压箱底的宝贝。龙王不得已，只有领孙悟空去看定海神针。孙悟空一见便爱不释手，拿起如意金箍棒定要了起来，这可把龙王吓得不轻。孙悟空又趁机向龙王要披挂。龙王虽然没有，但也不敢拒绝，只得请他的几个兄弟帮忙。南海龙王敖钦、北海龙王敖顺和西海龙王敖闰都给请了过来。他们虽然在大海中称王，但却惹不起孙悟空。没办法，只得暂时忍气吞声，献出藕丝步云履、锁子黄金甲和凤翅紫金冠。孙悟空开始到龙宫的时候，还说"若有可意的，一一奉价"。可是拿到兵器和披挂之后，连一声谢都不说，就一路打出去。这时的孙悟空，已经跟强取豪夺的大盗没什么两样了。

得到金箍棒，回到花果山后，孙悟空做的第一件事，就是显摆身上的宝贝。自己变成万丈身躯，"手中那棒，上抵三十三天，下至十八层地狱，把些虎豹狼虫，满山群怪，七十二洞妖王，都唬得磕头礼拜，战兢兢魄散魂飞，霎时收了法象，将宝贝还变做个绣花针儿，藏在耳内，复归洞府，慌得那各洞妖王，都来参贺"。以前他学艺时，祖师就是因为他卖弄本事，才把他赶走的。可现在他不但没有一丝收敛，反而日渐嚣张。之后孙悟空封了几个将军元帅，做好花果山的防御工作后，就出去搞外交活动了。

书中写道："他放下心，日逐腾云驾雾，遨游四海，行乐千山。施武艺，遍访英豪；弄神通，广交贤友。此时又会了个七弟兄，乃牛魔王、蛟魔王、鹏魔王、狮驼王、猕猴王、猢狲王，连自家美猴王七个。"孙悟空交的这些朋友，个个都是魔王。这说明他也已经把自己当做魔王了。要看一个人怎么样，看看他身边的朋友，就八九不离十了。俗话说得好，物以类聚，人以群分。孙悟空本来是出身于名门正派，但是由于野心膨胀，才由仙变成了魔。

在书中，写到很多的神仙妖魔。但是有些时候，神魔是很难分清的。就如同书中第十七回观音所说："菩萨、妖精，总是一念。"我们常说的那句话，一念天堂，一念地狱。意思差不多，总的来说，就是善恶只在一念之间。这个时候的孙悟空，已经渐渐坠入了魔道。书中写到他："点头径过三千里，扭腰八百有馀程。"已经嘚瑟得不行了，却不知道，他的寿命已经到头了。

有一天，孙悟空喝醉了酒睡觉的时候，被两个勾死人的将魂勾了去。但这时的孙悟空，早已脱胎换骨，今非昔比。在幽冥界里，生死簿上，不但将自己的名字勾了，而且把所有猴子的名字都给勾了。以前孙悟空要拜师学艺的直接原因，就是想不服阎王管。这下愿望终于实现了，当然欢喜不已，于是庆贺一番。但被他欺负的龙王和阎王却没有善罢甘休，将孙悟空告上了天庭。玉帝一听，这还了得，立即就要派天兵天将提拿他。这时太白金星却站了出来，出了一个主意。他说把孙悟空招安到天庭，封个小官。

如果表现好，以后可以重用，如果表示不好，直接抓起来，这不得不说是一个好办法。

二

这件事说定了之后，太白立即奉玉帝的旨意，到花果山招安孙悟空。孙悟空本来闯了大祸，但是因祸得福，如果不是龙王和阎王到天庭告他的状，他最多也就只能在花果山称王称霸。没想到他到龙宫和地府这么一闹，惊动了天庭之后，不仅没有受到惩罚，反而从此摇身一变，走了上界的天神。《西游记》在整体的时空观上，特别强调变化。而这种变化在孙悟空的身上，体现得尤为明显。我们在此回顾一下，孙悟空从出生之天，身份上经历了几次变化。开始的时候，是石头，然后是猴子，后来是山，之后是魔，现在成了神。孙悟空听到天庭使者招他上界为官，心里自然很高兴，交代了手下几句话后，就和太白金星一起去了天庭。孙悟空不管身份怎么变，但是万变不离其宗，他毕竟是猴子出身，猴急的性格是难以改变的。一个筋斗云，直接翻到南天门外。守门的天兵天将们不知道他是什么来路，立即将他挡在门外。

孙悟空见他们不让自己进去，就在门前嚷了起来。幸好太白及时赶到，向守门的天兵天将们解释了一下。他们这才让孙悟空进去。刚到天庭，孙悟空就遭到一个小小的挫折，这让他的脸上很没面子，还要回去，还是太白把他拉了进去。这点小挫折让他认识到一个问题，天庭毕竟不是一般的地方，跟他生长的花果山、学艺的斜月三星洞，甚至是海里的龙宫、阴间的地府全然不同。孙悟空进门之后，到里面一看，果然不同凡响。

天庭的使者太白金星，是个很高明的骗子。他用一个小小的计谋，就把孙悟空骗得五迷三道。孙悟空来到凌霄宝殿，见了玉帝，被封为弼马温，其实这是一个没有品级的小官,但孙悟空见识过天宫金碧辉煌、庄严肃穆的宏大气势之后,已经完全陶醉其中,只想留在这个好地方,稀里糊涂的就当上了弼马温。由此可见,人一旦对某样东西着迷,就会失去分辨能力。孙悟空听封之后,欢欢喜喜地去上任。看到这里,我们有没有想过,孙悟空的那六个魔王兄弟,为什么天庭不招安他们,而只招安孙悟空?

因为孙悟空不安分,爱显摆。在后面我们会看到牛魔王的本领也不小,但他没有做过什么和天庭冲突的事情。还有就是那些魔王个个都老谋深算,不像孙悟空这样单纯好骗。他们可能看出孙悟空被招安上天之后,不会安分守己,日后可能会闯出祸来。但是却没有一个出来劝他,这说明他们和孙悟空之间表面上称兄道弟,实际上却是酒肉朋友。后来天庭派兵攻打花果山的时候,这几个魔王没有一个前去帮忙。还是那句话,人以类聚,物以群分。孙悟空这时因为自己不良,所以交到的都是一些损友。

三

我们再看孙悟空是怎么当这个弼马温的,书上说:"弼马昼夜不睡,滋养马匹。日间舞弄犹可,夜间看管殷勤,但是马睡的,赶起来吃草;走的捉将来靠槽。那些天马见了他,泯耳攒蹄,都养得肉肥膘满。"他对自己的工作,还是尽职尽责的,一忙就是大半个月。有一天空闲,孙悟空与下属们吃喝庆贺。正吃喝的时候,他忽然问道:"这'弼马温',是个甚么官衔?"这里用了一个"忽"字,与第一回他在花果山逍遥快活时,突然想到人生意义时一样。表面上问的很突然,其实可能是他已经想了很久,但却一直没有说出口,正好趁着大家在一起的时候提出来。孙悟空在半个月里整天工作,不可能没发现他做的就是养马的活儿。也就是说,他这时心中已经有所怀疑,所以有此一问。众人回话倒也干脆,没有品,不入流,明显是在给他泼冷水。为什么会这样?

因为他干的太卖力,太起劲了。他自己没白天没晚上的工作,一点儿都不觉得累。但是他的这些下属却都受不了了。他们的意思是说,你别太把自己当回事儿了。其实你就是一个没有品、不入流的低等小官。就是你做的再多,上级最多也就记你一个好。所以呢,以后差不多就行了,不要再这么卖力了。免得我们和你一起受累。但是他们却没想到,孙悟空一听就火了。他是怎么说的:"这般渺视老孙!老孙在那花果山,称王称祖,怎么哄我来替他养马?养马者,乃后生小辈下贱之役,岂是待我的!不做他!不做他!我将去也!"其实他早已起了疑心,不过还是存了一丝侥幸。所以他才会说出"没品,想是大之极也"这样自欺欺人的话来。但是现实却是残酷的,天庭真的在把他当猴耍。一气之下,孙悟空离开了天庭,又回到花果山。书中有句话:"众天丁知他受了仙箓,乃是个弼马温,不敢相与,让他打出天门去了。"这说明弼马温虽然职位很低,但可能并不是众人所说的那么不堪,至少是一个正式的官职。孙悟空心高气傲,他觉得自己本领大,应该被天庭委以重任。却发现天庭竟然如此藐视他,当然会发怒,回到花果山。

花果山上的群猴看到他突然回来了,知道事不寻常。一问才知道真相,个个都替他鸣不平。这件事天庭有做的不对的地方,开始就不想真正地重用他。但是从孙悟空的方面来说,也是他太过心浮气躁,一听下属们说弼马温是没有品、不入流的小官,立即就沉不住气了。其实当初太白提出招安他的时候,对玉帝说"若受天命,后再升赏",其实是要看孙悟空的表现。但是他一听下属泼冷水的话,就一气之下离开了天庭。孙悟空不肯从小事做起,心高气傲,这说明他虽然本领很大,但是心态却不端正。就像当今的许多大学毕业生一样,觉得自己学业有成,能力很强。不想踏踏实实地找一份稳定的工作,从基层一步步地做起。不停地换工作、搞创业,一晃几年的时间过去了,结果一事无成。人有远大的理想是好的,但是一定要有相应的耐心和毅力。当然,能力和才华也是必不可少的。有能力、有才华的年轻人的确有一些,可是眼高手低、不肯踏实做事,只想一举成名的也不少。我以前身边就有这样的人,今天觉得这个行业挺好就做这个,明天觉得那个项目不错又去做那个。几年下去之后,每样工作都只做了个开头,却都没有结果,浪费了自己的大好青春和才能。我们现在生活在信息社会,什么都讲求速成,太多的人心浮气躁,不肯安下心来踏实做事。说到底都是因为心态不正。孔子曰:"吾少也贱,故多能鄙事。"他在年轻的时候,管理过仓库,看管过牛羊。做的事情跟弼马温差不多。但是他认真负责,把每件小事都做得很好。十有五而志于学,三十而立,四十而不惑,五十而知天命,六十而耳顺,七十而从心所欲,不逾矩。最后终于达于圣人的境界。

第四章

监守自盗与擅离职守

一

人们经常看到别人成功时的风光无限,但很少关注他们在成功背后付出的艰辛努力。孙悟空有一身不凡的本领,心比天高。他回到花果山后,正在愤愤不平的时候,突然来了两个独角鬼王。一见孙悟空就说:"久闻大王招贤,无由得见;今见大王授了天箓,得意荣归,特献赭黄袍一件,与大王称庆。"我们从前文中看到,孙悟空在花果山上称王称霸,但从来没有招兵买马。鬼王的消息灵通的很,一听孙悟空从天庭回来,就立刻赶来庆贺,并且献上一件赭黄袍,看来是早有准备。孙悟空黄袍加身之后,心中高兴,封鬼王为前部总督先锋。鬼王趁这个机会,问孙悟空在天上当的什么官,孙悟空被他这么一问,又开始吐槽说玉帝轻贤。

鬼王不仅善于阿谀奉承,更会见风使舵。立即建议孙悟空做个齐天大圣。这下正好顺了孙悟空的心意,他想都不想,当即自立为齐天大圣。本来他只是擅离职守,现在可是造天庭的反了。齐天大圣,是要和玉帝平起平坐。孙悟空仗着自己的本领,明显要跟天庭抗衡。他造天庭的反,根本没有正当的理由,主要是由于自高自大,野心膨胀。当然,鬼王起了推波助澜的作用。很多人想升职,但是又不想太努力,于是就会想出很多歪门邪道。鬼王就是这类人的代表,先是送礼讨好孙悟空,谋取重要职务,然后又唆使孙悟空造反，谋取更高的职位。这样的家伙，就是我们前面说的，不肯踏实做事，只想投机取巧的那类人。看到后面，我们知道，孙悟空最后野心膨胀到想要取代玉帝的位置掌管天庭，却被如来压在五行山下。而鬼王也没有什么好下场，在天兵攻打花果山时，由于没有什么真本事，而被四大天王捉走了。这说明，凡是不靠真正努力，投机取巧得来的东西，都不会长久。

孙悟空擅离职守之后，很快就被玉帝知道了。玉帝当然不会坐视不理，当即派兵捉拿他。这次领兵的是托塔李天王和哪吒三太子，他们可以说是中国家喻户晓的神话人物。哪吒闹海的故事，大家都知道。他虽然很厉害，但这回遇到的是比他更厉害的孙悟空。李天王带兵来到花果山后，最先出战的是巨灵神。他虽然本领不大，但口气却不小。见到孙悟空后，放出狠话。"你快卸了装束，归顺天恩，免得这满山诸畜遭诛。若道半个'不'字，教你顷刻化为齑粉！"孙悟空当然吃软不吃硬，对他说："你看我这旌旗上字号，若依此字号升官，我就不动刀兵，自然的天地清泰。如若不依，时间就打上灵霄宝殿，教他龙床定坐不成！"

话不投机，孙悟空抢棍就和巨灵神打了起来，结果巨灵神败阵。首战失利，不仅巨灵神自己没想到，就连托塔天王也觉得没有面子。要不是哪吒求情，巨灵神恐怕性命不保。他们开始没把孙悟空当回事儿，但是哪吒也被打败后，托塔天王才发现孙悟空的实力非同小可。哪吒自己也说："孩儿这般法力，也战他不过。"天王知道要想捉拿孙悟空，自己带的兵将根本不够。于是不敢再战，撤回天庭。

孙悟空打败天兵后，七十二洞妖王和六个魔王都来向他庆贺。其实是他们看到孙悟空大发神威，前来巴结。胜利冲昏了孙悟空的头脑，这时他更加确信，自己完全配得上齐天大圣这个称号，于是提议那六个兄弟也叫作大圣。这几个魔王一听，自作自为，自称自号，都叫起了大圣。名号这种东西，有时很能迷惑人，虽然他们自称为这个大圣、那个大圣，但本质上还是魔王。要看一个人到底如何，不能被头衔和名号迷惑。不仅要看也怎么说，更要看他怎么做。中国古人说人有三不朽，即立德、立功、立言。也就是说，一个人的德行、功业、言论，是会对社会发展产生长远影响的。从这三个方面，会看到一个人真正的价值。而这时的孙悟空，一样都不具备。但是，天庭还真的正式册封他为齐天大圣。为什么呢？

从直接的原因来看，是他的实力确实让整个天庭震惊。玉帝在震惊之余，本来想彻底将他铲除，以绝后患。这时太白又站了出来，出了一个主意。"名是齐天大圣，只不与他事管，不与他俸禄，且养在天壤之间，收他的邪心，使不生狂妄，庶乾坤安靖，海宇得清宁也。"我们回顾前文，可以看到，在孙悟空擅离职守，玉帝派兵捉拿时，太白并没有站出来说话。等天王和哪吒吃了败仗之后，玉帝要再次派兵捉拿孙悟空时，他才出了这个主意。由此可见，他两次提出招安，并不是对孙悟空有好感。真正的目的，是为了乾坤安靖，海宇清宁。但上次他出的主意失败了，这回能奏效吗？

二

太白金星两次给玉帝出主意招安孙悟空，我们可以看出来，也是一个不喜欢以武力解决问题的神仙。同时，我们可以进一步猜想，他在天庭里担任的是为玉帝出谋划策的军师，甚至是宰相一类的官职。而从他两次到花果山去招安孙悟空来看，他又是一个主管外交工作的官员，可谓是天庭的外交部长。综合起来看，非常类似美国的国务卿。因此，在他提出再次招安孙悟空的建议后，玉帝想都没想就答应了。而且天庭中的其他神仙，也没有出言反对的。由此可见，太白金星在天庭里是很受玉帝信任的。并且在其他神仙的心目中，也是非常受尊重的。

我们再看他来到花果山招安，宣读玉帝的圣旨时，孙悟空是什么反应。

"大圣即带引群猴,顶冠贯甲,甲上罩了赭黄袍,足踏云履,急出洞门,躬身施礼,高叫道:'老星请进,恕我失迎之罪。'"我们对比一下,孙悟空见到玉帝时,也不过朝上唱个大喏。这再次说明,太白金星在天庭里的地位,的确是举足轻重的。从孙悟空的方面看,他已经把太白金星当成自己人了。有一个细节,不知道大家注意到没有。就是太白金星两次来花果山,孙悟空都恳请他留下饮宴,但太白金星都没有接受。由此可见,虽然孙悟空把太白金星当成自己人,但太白金星却没有把孙悟空当朋友。他甚至从心眼儿里,根本就没有瞧得起这个妖猴,只是表面上对他客客气气而已。这个时候的孙悟空,没有接受上次的教训,又一次兴奋地跟着太白金星上天受封。玉帝真的册封孙悟空为齐天大圣,并且为他修建了一座齐天大圣府。设置了"安静"和"宁神"二司,目的是为了让他能够"安心定志,再勿胡为"。从而天地安宁,皆大欢喜。如果真是这样的话,就没有以后大闹天宫和西游取经的故事了。

我们回顾前文,孙悟空自出生以来,身份上出现了好几次变化。但唯一不变的,就是他那颗充满欲望、不安现状的心。我们看看,他当了齐天大圣以后,整天都在做什么事。"话表齐天大圣到底是个妖猴,更不知官衔品从,也不较俸禄高低,但只注名便了。那齐天府下二司仙吏,早晚伏侍,只知日食三餐,夜眠一榻,无事牵萦,自由自在。闲时节会友游宫,交朋结义。见三清,称个'老'字,逢四帝,道个'陛下'。与那九曜星、五方将、二十八宿、四大天王、十二元辰、五方五老、普天星相、河汉群神,俱只以弟兄相待,彼此称呼。今日东游,明日西荡,云去云来,行踪不定。"

虽然在玉帝和其他神仙看来,齐天大圣不过是个虚职,但是孙悟空自己可是当真了。天上地下所有的神仙,都知道封孙悟空为齐天大圣是个骗局,但为了不让这个骗局穿帮,不得不陪孙悟空一起演戏。而这样一来,让孙悟空更加相信,自己真的就是名副其实的齐天大圣了。这说明一个什么问题?一旦一件事情以谎言开头,就需要用更多的谎言去弥补。玉帝和天庭的神仙，对孙悟空撒下了一个弥天大谎。一旦孙悟空知道真相，后果会非常严重。因此，为了防止这种情况出现。许旌阳真人，向玉帝提出一个建议。"不若与他一件事管，庶免别生事端。"

　　玉帝接纳这个建议后，于是让孙悟空去管蟠桃园。其实这个差事，是可有可无的。在开始的时候，似乎真的达到了一些效果。书中写到："自此后，三五日一次赏玩，也不交友，也不他游。"可是时间一长问题就出来了，俗话说日防夜防，家贼难防。孙悟空以前在当弼马温的时候，还能勤勤恳恳地工作，这回当了齐天大圣，反倒监守自盗。由此可见，一个人没有经过严格的程序和长期的锻炼，就直接从基层提拔到重要的岗位，也不仅不能胜任，反倒会弄出乱子来。

　　孙悟空表面上每天都安分守己，看管桃园。但实际上，却把园子里的好桃和大桃吃了个够。有一天，他吃完桃子，正在树上睡大觉的时候，王母娘娘手下的七仙女奉命前来摘仙桃。惊动了孙悟空后，他从树上下来，才知道，原来王母娘娘要举办蟠桃胜会，设宴款待天界的神佛仙圣。孙悟空一听王母娘娘邀请的神仙名单里没有他，立刻就沉不住气了，要去看个究竟。但是他这一看，可不得了了。也不管请没请他，就把仙酒给偷喝了。他虽然喝得有点儿醉，但还有一丝清醒。为了不被人发现，悲偷偷溜回齐天大圣府睡觉。可是回去的路上走岔了路，又将太上老君的仙丹给偷吃了。这时他的酒也醒了，意识到自己闯下了大祸，不敢在天宫逗留，使个隐身法，回到花果山。

第五章

大闹天宫与被压山下

一

　　孙悟空再次回到花果山,猴子们对他说:"大圣好宽心!丢下我等许久,不来相顾!"这是一句抱怨的话,自从孙悟空当年随太白金星上天受封后,过了一百多年,他都没回花果山看过他们。但不管怎么说,孙悟空到底是回来了。猴子们欢天喜地地给他接风洗尘。孙悟空接过他们端上来的酒,喝了一口之后,居然龇牙咧嘴地说道:"不好吃,不好吃!"旁边的两个老猴,知道如今的孙悟空在天庭待久了,已经不像以前那么好伺候了。于是说道:"美不美,乡中水。"提醒他不要忘本。孙悟空一听,才意识到这一百多年来,自己和花果山的猴子们之间,已经产生了距离和隔阂。于是说道:"你们就是'亲不亲,故乡人'。"然后又去了一趟蟠桃会,偷回一些仙酒给这些猴子们喝。孙悟空很清楚,他这样做,天庭一定不会善罢甘休。要让花果山的猴子们给他冲锋陷阵,要做一些收买人心的工作。

　　玉帝知道孙悟空偷吃仙桃、仙酒和仙丹的事情后,彻底被激怒了。他派出十万天兵天将,布一十八架天罗地网,将花果山团团围困。这回天庭下定决心,要给孙悟空以严厉的惩罚,大战一触即发。但这时的孙悟空,是什么态度?他明知道玉帝会派兵来捉拿他,却不做任何迎战的准备。当九曜星君打上门来,他还轻描淡写地说了四句诗:"今朝有酒今朝醉,莫管门前是与非。""诗酒且图今日乐,功名休问几时成。"听起来好像很自信、很超脱。仿佛对打赢这场仗很有把握似的。但实际上,他只想到自己,并没有为花果山上的猴子和其他飞禽走兽们着想。如果这场战役失败了,他还可以翻一个筋斗云逃之夭夭,但是他手下的猴子和妖怪们可就遭殃了。本来这场祸是他一个人闯下的,但是他却让花果山上所有的生灵和他一起承担严重的后果。他表现出来的超脱和自信,完全是个人英雄主义式的。

孙悟空在天兵天将打上门来的时候,还在说风凉话。直到九曜星君把水帘洞的大门打破,他才出去应战。这一仗打得天昏地暗,日月无光。孙悟空虽然英勇无比,把九曜星君打得落荒而逃,又战胜了五个天王。但是他手下的独角鬼王和七十二洞妖怪,却都被天兵给捉走了。他这时却道:"胜负乃兵家之常。古人云:'杀人一万,自损三千。'况捉了去的头目乃是虎豹狼虫、獾獐狐狢之类,我同类者未伤一个,何须烦恼?"七十二洞的妖怪为他冲锋陷阵、出生入死,但是孙悟空却完全没有把他们的死活放在心上。

虽然第一天孙悟空靠着他个人的神勇,勉强挡住了天兵的进攻,但是他太低估天庭的实力了。观音的到来,让这场战争的形势出现了巨大的变化。开始观音为了摸清孙悟空的底细,先派他的徒弟惠岸行者,也就是木叉去挑战孙悟空。木叉虽然败阵,但是却让观音知道了孙悟空的本事如何。当玉帝说"李天王又来求助,却将那路神兵助之?"的时候,观音二郎向他推荐了二郎神。二郎神接到玉帝旨意后,只说前去相助。但在与孙悟空打斗时,却一点不含糊。他不仅有勇,而且有谋。一面和孙悟空对战,一面让他的几个兄弟进攻水帘洞。从实力上来说,孙悟空和二郎神本是难分高下。但是俗话说,打仗亲兄弟,上阵父子兵。二郎神除了他自己,还有六个好兄弟,当孙悟空慌了神儿,想撤回水帘洞的时候,被二郎神的几个兄弟挡在了门外。他不得已,只有落荒而逃,从此失去了自己的根据地和大本营花果山。

二

孙悟空也有六个魔王兄弟，如果他的六个兄弟都来给他助阵的话，他可能就不会失去花果山。由此可见，孙悟空交的这六个兄弟，都是只能同甘，不能共苦的损友。真是应了那句话，疾风知劲草，患难见真情。孙悟空到了山穷水尽、走投无路的时候，没有一个朋友来帮他。一个人有多大的本领和能耐，身边都需要真正的朋友。因为人总会遇到他靠自己无法解决的问题、无法战胜的困难。

孙悟空自从学艺归来后，就越来越自以为是，狂妄自大。但是人外有人、天外有天。当他遇到二郎神这样的对手时，七十二般变化就有些不够用了。他虽然变来变去，但总是难以逃过二郎神的法眼。无奈之下，只有逃回花果山。但经过前面的战斗，整座花果山已经被天兵占领，他也被各路神将团团围困。这时，被孙悟空偷吃过仙丹的太上老君，用金钢琢给了他当头一击，最后被二郎神和他的兄弟们合力擒住。

在天庭与孙悟空的这场战争中，虽然孙悟空开始打赢了几仗。但最后还是寡不敌众，失败被擒。所谓成王败寇，被捉之后，天庭对他施加了严厉的惩罚。书中写道："话表齐天大圣被众天兵押去斩妖台下，绑在降妖柱上，刀砍斧剁，枪刺剑刳，莫想伤及其身。南斗星奋令火部众神，放火煨烧，亦不能烧着。又着雷部众神以雷屑钉打，越发不能伤损一毫。"为什么孙悟空在各种打击之下，没有受到任何伤害呢？太上老君解释说："那猴吃了蟠桃，饮了御酒，又盗了仙丹，我那五壶丹有生有熟，被他都吃在肚里，运用三昧火锻成一块，所以浑做金钢之躯，急不能伤。"于是他想出一个办法："放在八卦炉中，以文武火锻炼。炼出我的丹来，他身自为灰烬矣。"

但是老君的办法并没有奏效，反而给孙悟空炼出了一双"火眼金睛"。

孙悟空从八卦炉中出来之后，当然不会善罢甘休。他拿出金箍棒来，一路打上凌霄宝殿。为什么孙悟空好不容易从老君的炉子中逃出来，不赶快离开天宫，而是大闹起来？孙悟空还没有被捉的时候，或许会考虑天庭将会如何处置他。但是当他真的被捉，天庭用了各种方法都没能奈何他之后，他似乎看透了天庭的实力，自信和野心膨胀到了极点。他打到凌霄宝殿，是要取代玉帝的位置。在紧急关头，一个高手出现了。王灵官和三十六员雷将，将孙悟空围在当中，却无法将他拿下。这时玉帝突然认识到，天宫里没有人能降服孙悟空，于是派人到西天去请如来。

三

孙悟空在当齐天大圣的时候，虽然每天东游西逛，结交了不少的神仙，但是却并不认识如来。这说明他虽然在天庭待了一段不短的时间，但对天界的底细其实并不了解。见到如来之后，孙悟空第一句话就问："你是那方善士，敢来止住刀兵问我？"

如来回道："我是西方极乐世界释迦牟尼尊者，南无阿弥陀佛。"在这句自我介绍里，没有提到如来两个字。因为"如来"只是一个称号，在佛经中的意思是"如实道来"。而在这里收服孙悟空的，是佛祖释迦牟尼。自从佛教传入中国以后，中国的整个神话体系，就开始变得复杂起来。从而出现一个问题，到底在天界谁的地位最高？

当孙悟空说他想取代玉帝的位置时，如来说了一番话。提到玉帝修炼的时间时，用的一个基本单位是劫。对照小说的第一回，我们会发现，"劫"和"元"的时间是相同的，只不过是换了一个说法而已。如来这么说，只是想告诫孙悟空，玉帝之所以能坐在现在这个位置上，是因为他修行过你难以想象的漫长时间。就凭你那三五百年的道行，就想取代玉帝，简直是太不自量力了。但是孙悟空却说,"他虽年劫修长,也不应久占在此。常言道:'皇帝轮流做,明年到我家。'"意思是说,他虽然修炼的年头比我长,但我的本事比他大。

如来听出他的意思,于是说道:"我与你打个赌赛:你若有本事,一筋斗打出我这右手掌中,算你赢,再不用动刀兵苦争战,就请玉帝到西方居住,把天宫让你;若不能打出手掌,你还下界为妖,再修几劫,却来争吵。"意思是说,你既然觉得你的本事大,那好,我就和你比一比。孙悟空根本就不知道如来的实力,暗笑如来好呆。一个筋斗翻出去,看见前面有五根柱子,以为到了天尽头。于是变出一支笔来,在中间的柱子上,写下了一行大字:"齐天大圣到此一游。"这一行字写下去,后果非常严重。从此以后,他这个坏毛病,就被很多人学了去。我们今天随便到哪个景区,都会看到一些柱子上刻着"某某到此一游"的字样。表面上看起来是留个纪念,实际上对景物的美感造成了严重的破坏。榜样的力量是无穷的,这时的孙悟空实在是一个坏榜样。他回到如来的面前,扬言自己赢了。如来却对他说:"你正好不曾离了我掌哩!"孙悟空看到他自己写的字,却不承认自己输了。可如来却不容他抵赖,一翻手掌将他压在五行山下。孙悟空虽然本领高强,但是遇见本领比他更加高强的如来,轻易就被制伏了,这说明一山还有一山高。骄傲自满、狂妄自大的人,最后会败得很惨。

四

天庭那么多神仙都奈何不了的孙悟空,却被如来轻而易举地收服了,这意味着什么呢? 我们在前文中,提到孙悟空代表的是心。而且是一颗躁动不安,充满欲望的心。书中有几句诗:"光明一颗摩尼珠,剑戟刀枪伤不着。也能善,也能恶,眼前善恶凭他作。善时成佛与成仙,恶处披毛并带角。"说的很形象,很贴切。正因为这时的孙悟空,是野心和欲望的化身。因此天庭用强大的武力手段,不能将他制伏或消灭。而如来代表了作者心目中的真理。在小说中,权力最大的神仙当然是玉帝,但是如来却能做玉帝的主,说明如来代表的是天道。天道大到无所不包、小到无所不入。更是存在于人心之中,是人的良知善性。能制伏人心中野心和欲望的,只能是良知和善性。

　　如来收服孙悟空后,天庭举办了安天大会。在会上,王母娘娘和各路神仙正在向如来献礼庆贺时,孙悟空在五行山下伸出头来。野心和欲望,虽然有时会被暂时压制,但不时又会冒出来。于是如来拿出一张帖子,叫阿傩尊者贴在山顶上的一块石头上。帖子上写的是"唵嘛呢叭咪吽"六字咒语,意思是劝人们起心动念言语造作,都要真诚清净平等。孙悟空大闹天宫,最后落到这样一个悲惨的下场。书中用一首诗,对他进行了评论:"当年卵化学为人,立志修行果道真。万劫无移居胜境,一朝有变散精神。欺天罔上思高位,凌圣偷丹乱大伦。恶贯满盈今有报,不知何日得翻身。"这是对《西游记》前七回孙悟空故事的一个很好的概括和总结。

　　一直以来,人们都将《西游记》的前七回,尤其是关于大闹天宫的描写,看做是全书最精彩的部分。而孙悟空在被改编的动画和影视作品中,都是一个顶天立地的英雄形象。但是我们回到原著之中,仔细阅读之后就会发现,这时的孙悟空不是一个正面的英雄形象,而是一个负面的枭雄形象。最初,他是一个勇敢机智、积极进取,深受大家信任和爱戴的部落首领。但是学艺之后有了本事,就开始变成一个占山为王的强盗头领。先是到傲来国强取豪夺,然后敲诈财主四海龙王,欺压地方官吏十殿冥王。他占山为王后想当官,当官之后嫌官小。当了大官游手好闲,有了权后监守自盗。触犯天条后起兵造反,最后失败惨淡收场。从他的这些表现来看,离一个真正的大英雄的距离还很远,充其量也不过是一个敢于造反的山大王。

我们从书中可以看到,孙悟空造反的理由和动机,完全是从他自己出发,满足个人的欲望。而其结果是被压在五行山下受苦受罪。而本来如同人间仙境一样的花果山,因为受他牵连,变成生灵涂炭的炼狱。由此可见,世上一切的冲突和战争,其根源是人心的躁动和欲望的膨胀。尤其是那些自以为是、自私自利的人,为了满足个人的欲望,经常会做出大胆妄为,害人害己的事情来。《西游记》前七回中孙悟空的故事,就是在诉说这样一个道理。

但是作者写这本书的目的,不仅是要通过前期孙悟空这个失败的负面形象,来批判欲望的膨胀会给世界带来多少危害。而是要通过孙悟空的改过和悔悟,宣扬如何去恶从善,砥砺德行。这个过程,无疑充满了艰难和曲折。《西游记》从第八回之后,九九八十一难和取经故事正式展开。书中除了孙悟空之外的其他主要取经人物,也将陆续登场。

第六章

寻取经人与劝邪归正

一

《西游记》从第八回开始,正式进入取经故事。这一回的开头,作者照例以一首诗开篇。这首诗充满典故和禅机,是为了引出下文取经的缘起。话说如来收服孙悟空后,回到西天雷音寺,不知不觉,过了将近三百年。一天,如来在盂兰盆会上讲经说法时,提到了取经的事情。

> 我观四大部洲,众生善恶,各方不一:东胜神洲者,敬天礼地,心爽气平;北俱芦洲者,虽好杀生,只因糊口,性拙情疏,无多作践;我西牛贺洲者,不贪不杀,养气潜灵,虽无上真,人人固寿;但那南赡部洲者,贪淫乐祸,多杀多争,正所谓口舌凶场,是非恶海。我今有三藏真经,可以劝人为善。

他提出取经这件事,并不是一时兴起,而是经过深思熟虑的。在他的心中,早就有了将三藏真经传到南赡部洲的想法。因此在他兑起四大部洲的时候,特别地指出,南赡部洲在这四大部洲之中,罪恶是最多的,也是最需要真经劝人为善的。但是我们仔细地想一下,唐僧取经这一路上,他遇到的各种妖魔,基本上都是过了两界山,也就是五行山之后遇见的。还没有收孙悟空为徒弟时,他只遇见过一次妖怪。而取经途中的绝大多数妖怪,其实都是在西牛贺洲。我们再看东胜神洲,光一个花果山,就有七十二洞妖怪,并且出现了一个像孙悟空这样大闹天宫的魔头。所以说,四大部洲的情况相差并不太大。可是如来特别提出要将真经传到南赡部洲,有什么用意呢?

如来的真正用意,并不是仅仅把三藏真经传到南赡部洲。如果真是那样的话,他就不用叫一个取经人,经过十万八千里,九九八十一难,千辛万苦,大费周章地到西天取经了。直接派人将真经送到南赡部洲就可以了。我们会在后文看到,唐僧在水陆大会上讲经,观音说他讲的是小乘佛法,叫唐僧到西天去取大乘佛法。但是唐僧把真经取回去之后,书中并没有写这些经书后来发生了什么影响和作用。尤其是当唐王李世民让唐僧讲经的时候,半空中突然有金刚现身说:"诵经的,放下经卷,跟我回西去也。"而"长老亦将经卷丢下,也从台上起于九霄,相随腾空而去。"

唐僧本来是唐王选出来的水陆大会坛主,可是从始至终,他都没有真正地完成讲经的任务。开始时是正在讲的时候被观音打断,后来是被金刚打断。而观音和金刚所做的,其实都是如来的安排。现在一个问题出来了,如来不让唐僧讲经,原因在哪里?因为唐僧的任务不是讲经,而是取经。真正能让人明白真理的,不是那些经上的文字,而是九九八十一难的经历。整部小说讲的,就是这样一个故事。唐僧师徒四人一马,通过取经的过程,不断地去恶从善,最后修成正果。小说最后一回的题目,字数最少,直接点题:径回东土,五圣成真。小说的结局,不是南赡部洲的人因为唐僧取回真经之后,就从"贪淫乐祸,多杀多争"变成西牛贺洲那样"不杀不争,养气潜灵"。

三藏真经如果真的有那么大的作用,西牛贺洲就不会有那么多妖魔和强盗了。其实如来在开始就说的很明白:"去东土寻一个善信,教他苦历千山,询经万水,到我处求取真经,永传东土,劝化众生,却乃是个山大的福缘,海深的善庆。"真正得到山一样的福,海一样的善的,是那个取经的人。孙悟空在跟须菩提祖师学艺时,祖师曾说过一句话:"不遇至人传妙诀,空言口困舌头干。"虽然真理确实存在,但是只有真心追求真理的人,才能得到真理。这也就是,真理总是掌握在少数人手中的原因。

如来在选择取经人的时候,是非常谨慎的,要将这个重任交给一个既有能力又信得过的人。当他问:"谁肯去走一遭来?"的时候,观音站出来说道:"弟子不才,愿上东土寻一个取经人来也。"观音答应接下这个重要的任务,让如来很高兴。他为了让观音能更好地完成任务,给了他五件宝贝。什么宝贝呢?

锦斓袈裟、九环锡杖和金、紧、禁三个箍。同时对宝贝的功能和效果作了一番介绍说明。袈裟和锡杖,都是给取经人用的,如来说:"穿我的袈裟,免堕轮回;持我的锡杖,不遭毒害。"但是在后来的取经故事中,唐僧很少用到这两件法宝,只有在出席重要场合时,才会穿上锦斓袈裟,手持九环锡杖。这两件宝贝与其说有什么实际用处,还不说是一种身份的象征。其实这是如来给取经人的两件信物,尽管孙悟空、猪八戒、沙和尚、白龙马,每一个的本事都比唐僧强。但他们在取经队伍中,只是唐僧的协助者,是帮助唐僧取经的。正因为观音把这两样宝贝给了唐僧,唐僧才具有了整个取经队伍中领导者的地位。

后来假悟空六耳猕猴在水帘洞中,对沙僧说他要上西天拜佛求经时,沙和尚说的很明白:"自来没有孙行者取经之说。兄若不得唐僧去,那个佛祖肯传经与你!"

二

我们再来看"金、紧、禁"三个箍,这三个箍虽然表面上看来没有多大的区别,但是却各有用处。紧箍咒,是专门对付那些不受管束,不守纪律之人的。在取经的队伍里,猪八戒虽然好吃懒做,但还是比较听话的。而沙和尚勤勤恳恳,白龙马任劳任怨,都用不上。只有孙悟空桀骜不驯、野性难驯,不得不用紧箍咒约束他。金箍咒,是用来制约挥霍浪费的,后来给红孩儿戴上了。观音封红孩儿为善财童子,意思是让他学会好好理财管钱。禁箍咒是制约贿赂送礼的,后来给黑熊怪戴上了。观音让他守后山,意思是叫他防止别人走后门。

如来将法宝交给观音后,观音带着徒弟木叉,开始执行到南赡部洲寻找取经人的任务。他按照如来的指示"半云半雾,约记程途",仔细地勘察取经路上的山水地貌。走着走着,他们看见前面有一条大河,然后一个妖怪从水里跳了出来。这妖怪看见观音就上前捉他,与木叉打成一片。打着打着,他知道自己遇到的不是一般的对手。一问才知道,原来对方是观音的徒弟。这个妖怪被木叉带到观音面前,态度非常谦卑,自我介绍说他本是天上的卷帘大将,因为在蟠桃会上失手打碎了玻璃盏,因此被玉帝贬下凡来受苦受罪。无奈之下,才做了吃人的妖怪。我们在前文说过,《西游记》中的神仙与妖魔的区别,只在一念之间。卷帘大将本来犯的是一个无心的错误,受到严厉的惩罚之后,不仅没有变好,反而成了妖魔。因此,单纯的刑罚手段,虽然能给一个人带来外在境况的变化,但却很难改变一个人的内心,甚至有可能让一个人变得更坏更恶。

观音知道妖怪的情况后,对他的遭遇非常同情,并且教导他说,你这样做只会罪上加罪。我现在给你指出一条明路,你只要迷途知返,就可以免罪复职。对于因犯了渎职罪,而受到严重刑罚的这个前卷帘大将来说,这真是一个千载难逢的好机会,但是他却有一个疑虑。觉得取经人到不了流沙河。观音对他保证说,你只管在这里等候,取经人一定会来的。妖怪对观音的话,是非常信任的。于是从此洗心革面,等候取经人的到来。正是观音的教育和感化,让这个妖怪的内心得到了改变。当然,前提是给他赎罪的机会和对未来的希望。劝人学好很容易，但是与此同时要让他真正地认识到，弃恶从善是大有前途的，这样才会有效果。

妖怪说他曾经吃过九个取经人，这说明在唐僧之前，已经有人去过西天取经，但都没有成功。书中后来提到，唐僧是十世修行的好人。也就是说，在唐僧这一世之前，他已经修行了九世。联系到前面妖怪说的话，我们可以进一步猜想，被妖怪吃掉的那九个取经人，都是唐僧的前世。唐僧在前九世都去取过经，但每次一到流沙河，就被这个妖怪吃了。由此可见，这个妖怪是取经路上一个非常大的阻碍。但是观音这次却在取经人西行之前，就将这个障碍除去。不仅如此，而且还变害为利，使这个妖怪成为取经人的一个帮手。

过了流沙河后，观音与木叉又继续前行，看见前方有一座高山。这里又出现一个妖魔。不管好歹，举起钉耙就要打观音。被木叉挡住，打在一起。这个妖怪的本领比前一个大，跟木叉打得难解难分，观音只好出手将他们分开。妖怪看到观音的道行，心中惊诧，一问之后，主动要求木叉带他去见观音。见面之后，妖怪自我介绍说，他本是天蓬元帅，因为戏弄嫦娥，被贬下界来。变成猪妖，以吃人为生。观音听到他的情况后，开导他说："'人有善愿，天必从之。'汝若肯归依正果，自有养身之处。"观音跟他讲明道理，他也决定痛改前非，不再吃人，等候取经人的到来。

从观音劝化这两个妖怪来看，我们可以发现一些相似之处。在取经的路上，妖怪有很多。目前只有这两个妖怪，愿意弃恶从善，重新做人。从观音的方面来说，前提是他和木叉有法力，能镇住这两个妖怪。如果换做是平常人，早就被他们吃了。这说明在劝化一个人之前，尤其是心怀不善之人的时候。首先要有强大的实力和武力做后盾。在取经的路上，唐僧一个妖怪都没有劝化。反而有很多次差点被妖怪吃了，就很明显地说明了这个道理。从这两个妖怪的方面来说，他们堕落为妖，走上邪路，都有被迫和无奈的因素。其实在他们的内心中，还是想重新回归正道的。因此，观音劝导他们时,他们都作出了迷途知返、改邪归正的选择。不然的话,观音很可能这时就把他们灭了。因此,犯过错误并不可怕,重要的是能够改过自新。

三

　　观音再往前行,遇到一条龙在叫唤,与前面两个妖怪不同,这条龙是一个死囚。他犯的是什么罪呢?书中说是忤逆,也就是不忠不孝。这个情况很严重,因此观音特地上了趟天庭,亲自面见玉帝为其求情。玉帝一听观音奉如来的旨意到东土寻找取经人,需要这条孽龙做个脚力,就答应了观音的请求。这不是说观音的面子大,而是因为他奉了如来的旨意。后来在取经路上,孙悟空每当遇到难题,到天庭去搬救兵时,玉帝和天庭的神仙们都会鼎力相助。也不是因为孙悟空的面子大、交友广,而是取经这件事,是如来一手策划和安排的。这说明得道多助,当一个人在做一项助人为乐、造福大众的事业时,就连老天都会帮他。

　　观音救下小龙之后,又继续往前行,突然看见前方金光万道、瑞气千条。木叉一眼就认出前面是五行山。观音看到孙悟空被压在山下,叹息不已。于是作了一首诗:

> 堪叹妖猴不奉公,当年狂妄逞英雄。
> 欺心搅乱蟠桃会,大胆私行兜率宫。
> 十万军中无敌手,九重天上有威风。
> 自遭我佛如来困,何日舒伸再显功!

　　这首诗充满了感叹,看来是发自真心。孙悟空在下面一听,立刻叫道:"是那个在山上吟诗,揭我的短哩?"与前面的卷帘大将犯的渎职罪、天蓬元帅犯的流氓罪、小白龙犯的忤逆罪相比,孙悟空犯的是造反大罪,给他的惩罚类似终生监禁。虽然有铁丸子吃,铜汁儿喝,但是却没有人身自由可言。而最惨的是他不老不死,因此就等于被判了无期徒刑。当初孙悟空想学长生不老之术,本来是为了获得更大的自由。超越生死轮回,连阎王都管不了他。他后来当了齐天大圣,管理蟠桃园。虽然有官无禄,但也是逍遥快活。可他偷桃、偷酒、偷仙丹,折腾来折腾去,最后被如来压在五行山下。

对于一个逍遥快活的人来说,这种被剥夺自由的日子,简直是生不如死。而他却想死都死不了,这才是最要命的。俗话说,早知如此,何必当初。在这五百多年里,孙悟空没有人身自由,他唯一可以做的,就是不停地思考。估计这时他对自己曾经犯下的错误,已经有了深刻的认识。用"一失足成千古恨,再回首已百年身"来形容他这时的境况,是再适合不过的。因此一听有人提起他不堪回首的往事,立刻就开始叫起来。观音来到孙悟空的面前,跟他说:"姓孙的,你认得我么?"

孙悟空睁开火眼金睛一看是观音,点着头高叫道:"我怎么不认识你?你好的是那南海普陀落伽山救苦救难大慈大悲南无观世音菩萨。承看顾!承看顾!"孙悟空以前跟别人说话的时候,从来都没这么客气过,而且话里明显带有奉承的意味。如果是以前那个自高自大、目空一切的孙悟空,是绝对不会这样说话的。

奉承归奉承,但他还是说出了心里话。"我在此度日如年,更无一个相知的来看我一看。"正因为他知道,无论是他以前结识的妖魔,还是神仙,都已经把他遗忘。所以之前跟他没有任何交情,甚至处于敌对状态的观音来看他,一定是有目的的。于是问道:"你从哪里来也?"

观音回答说:"我奉佛旨,上东土寻取经人去,从此经过,特留残步看你。"孙悟空一听,知道机会来了,立刻请求观音救他。既然这时观音已经把话挑明,就直接对孙悟空说道:"让我救你出去可以,但是以前你犯下的罪行实在太严重。我一旦放你出来,你再胡作非为怎么办?"孙悟空知道观音说这话的用意,他等待这样一个重获自由的机会很久了,这时也顾不上什么面子。立即表态说,我知道错了,希望你给我指条明路。观音一听很高兴,虽然没有立即将他从山下放出来,但是向他保证,以后取经人会来救他。

四

观音这一路上,可谓大有收获。我们可以总结一下,他找的这几个取经人的帮手,有什么异同之处。最明显的一点,是他们的身份都很特殊,他们本来都是神仙,后来因为犯了各种各样的罪行,被天庭制裁,失去以前的身份和地位,被贬下界,遭受刑罚,成为了堕落天神。他们是因为什么而堕落的呢?卷帘大将是因为玩忽职守,没有做好本职的工作。而天蓬元帅呢?是因为骚扰女同事,生活作风出了问题。小白龙呢?是因为忤逆尊长,不忠不孝。最后是孙悟空,自高自大,无法无天,起兵造反,图谋篡位。就连天上的神仙,都会犯下各种罪行,何况是地上的凡人呢?对他们这些经历的描写,再次表明作者的观点。神仙和妖魔的区别,只在一念之间。这一点在取经的路上,体现的更为明显。大多数的妖怪,都和神仙有着千丝万缕的联系。但又是什么原因,导致这些神仙眷属堕落为妖魔呢?是因为他们做出的各种罪恶行为。而这些行为,又来源于他们内心中各种不好的意念。虽然天庭用刑罚的手段,给这些堕落的神仙们以严厉的制裁,但是充其量只能治标,而达不到治本的作用,甚至还可能会适得其反。卷帘大将和天蓬元帅沦落为吃人的妖怪,就是明显的例子。而要治标,必须改变他们的内心和思想。

而如何才能改变内心和思想呢?观音采取的是教育和感化的方法。

事实证明,这些曾经堕落的天神们,还都能正视自己的错误。愿意走上改过自新、重新做人的道路。古人说的好:人非圣贤,孰能无过;过而能改,善莫大焉。孔夫子说自己"吾十有五而志于学,三十而立,四十而不惑 五十而知天命,六十而耳顺,七十而从心所欲不逾矩",圣人不是天生的 而是一步一步地炼成的。人人都想从心所欲,但是要做到"不逾矩"就不容易了。在《西游记》里,孙悟空、猪八戒、沙和尚、小白龙,都是因为从心所欲,逾越规矩,才遭到天庭严厉的制裁。最终所有的问题,还要归结至 一个"心"字。

古人认为只有先正心诚意,才能修身齐家治国平天下。而如何 能上"心"正起来,让"意"诚起来呢? 这就需要教化。在取经过程中,这个任务是由唐僧来担当的。尽管孙悟空、猪八戒、沙和尚和小白龙都有各种各羊的本事和能耐,但他们毕竟是身上有很多缺点和毛病的堕落神仙。因此需要唐僧管束和教育他们。当然,唐僧也有他自身的缺点和毛病。因此,当他们出现问题,尤其是当他和孙悟空产生矛盾和冲突,危及整个取经事业的时候,观音就会出来化解矛盾,让他认识到自己的问题所在并加以改正。在取经的路上,观音是如来的代表,而我们在前面说过,如来在小说中是真理的化身。因此,观音就是真理的代言人。归结一下,也就是说,取经队伍里的每一个成员,都需要真理的指引和教化。而九九八十一难,就是他们要学习的,如来给他们的功课。而如来这样做的目的,是为了让他们不断地在与困难的斗争中成长。通过去恶从善的修行,最终成圣。因此,取经的故事,也可以说是一部讲述圣人是怎么炼成的故事。

第七章

江流认亲与世民还魂

一

　　在《西游记》的第八回和第九回之间,有一个附录。本来没有这一回,对取经故事的情节发展,也没有太大影响。但是作者加入这部分内容,肯定是有其用意的。这篇附录,我们可以看做是"西游故事"的一篇外传。虽然题目叫"陈光蕊赴任逢灾,江流僧复仇报本",但主要内容写的却是唐僧的身世。因此我们也可以将这篇附录称为"唐僧外传"。这篇附录,很可能是整部《西游记》写完之后,才加上去的。因为在一些版本里,是没有这篇唐僧外传的。但作者既然不惜破坏整个《西游记》一百回的精妙结构,非要为唐僧单独补上这一回,一定是觉得这篇故事是不可或缺的。

　　唐僧的身世,在第十一回的一首诗里已经提到。但作者又用整整一章的篇幅,详细地描写了一番。其用意何在?这还要从《西游记》的整个主题来看。全书的主旨,就是唐僧师徒在取经路上经历各种艰难险阻,不断战胜自身的弱点和外在的环境。以去恶从善的方式,完善自身的道德品行,最终得到拯救并造福众生的故事。取经故事带有浓厚的宗教色彩,但是作者为了淡化这种宗教色彩,使其更加通俗化和民间化,对其中的主要人物都进行了象征化的处理。比如提到玉帝和如来时,故意淡化和混淆他们身上原来的道教和佛教身份,突出他们神仙领袖和真理化身的象征意义。而对于历史上真实的取经人玄奘,作者也做了同样的处理。我们前面提到第十一回的那首诗,显然达不到这样的效果。因此作者才会特意补写了这一篇唐僧小传。对唐僧的前世今生,以及他为什么出家的原因,都做了详细的交待。

作者这样做的一个明显用意,就是将《西游记》中的唐僧和历史上真实取经的玄奘拉开距离。我们通过对比可以发现,小说中的唐僧,除了姓陈以外,无论是出生的时间、地点、家庭,还是出家的原因和经历,包括来取经的目的。都和历史上真实的玄奘完全不一样。其实在很多神话、历史和武侠小说中,对历史人物的形象,都有一个重新塑造的问题。但是像《西游记》这样,对唐僧的身世进行如此明显的重新塑造,还是不多见的。比如说他原本是如来的徒弟金蝉子,后来叫江流儿。前者说他是因为不听佛祖的话才被贬入凡间,后者说他一出生就被母亲迫不得已抛入江中。而他的寻亲复仇,西行取经,就是一个寻根和回家的过程。寻亲是寻找肉身的家,取经是寻找灵魂的家。他十八岁的时候,知道了自己的身世,找回了自己的父母亲人。而他西天取经修成正果,找回了前世的身份地位。

在佛教中,从来没有金蝉子这号人物。而书中却说他是佛祖的第二个徒弟。在第二十四回中,镇元子说五百年前,金蝉子曾亲手传茶给他,所以让他的两个徒弟打两个人参果给唐僧吃。以镇元子的身份地位,能因为这一件小事记了五百年,把金蝉子当成老朋友。可以看出唐僧的前世,绝对不是等闲之辈。书中说他是"只为无心听佛讲,转托凡尘受苦磨。"无心听讲,可见这个金蝉子很自负,觉得佛祖讲的道理没有必要听,因此才被贬到凡间受磨难。他其实和孙悟空、猪八戒、沙和尚、小白龙一样,也是一个堕落神仙。但有一点,他与他们还是不同的。孙悟空他们虽然被贬和受罚,但是法力和以前的记忆都在。但是金蝉子却不一样,他的法力和以前的记忆都被剥夺了,完全成为了一个凡人。正因为如此,他前九次取经,都没有走过流沙河。从这个方面来说,金蝉子遭到的惩罚,似乎比孙悟空他们更重。好歹孙悟空他们以前的法力还在,而唐僧的法力完全没了,直接堕入轮回之中。而在这一世,刚一出生,就面临杀身之祸。

本来唐僧的父亲陈光蕊,十年寒窗苦读,高中状元之后,娶了丞相的女儿,被封为江州州主,人生可谓幸福圆满。但是常言道:天有不测风云,人有旦夕祸福。陈光蕊乐极生悲,在上任的路上被船夫打死。而他的妻子,被迫跟从了冒充丈夫上任的坏人。他的孩子,一出生就被抛入江中。他的老母亲,也沦为了乞丐。一夜之间,突然什么都没有了。作者写陈光蕊的不幸遭遇,一方面是为了表明人生无常,祸福相依。另一方面,是为了印证如来说南赡部洲"贪淫乐祸,多杀多争"的话。但是这一回讲的不是一个"好人不长命,祸害活千年"的故事。而是一个"善恶到头终有报,只争来早与来迟"的故事。故事中的少年江流儿,也不是一个佛教和尚,更像一个儒家孝子。他性格坚毅,行动果敢,独自一人,不畏困难,完成了寻亲复仇的重任。这个故事的结局,看起来是大团圆。但是我们往后看,就会知道,江流儿找到自己的亲人之后,并没有还俗回家,而是继续做和尚。后来成为了一个有德行的高僧。西行取经中的唐长老和少年江流儿完全不一样,懦弱胆小、心慈手软。孙悟空一旦伤人,他就不依不饶。在他看来,不论是出于什么原因,杀生害命就是不对的。因此在孙悟空打死强盗时,他会怪罪孙悟空。唐僧的这种转变,或许跟他少年时的寻亲复仇经历有关。虽然当初打死陈光蕊的坏人得到了应有的报应,他和父母亲人也得以团圆。但是他也因此也看穿了世事无常、祸福难料,人生充满灾难和痛苦的本相。他不想在这个充满是非和罪恶的苦海之中,继续漂流。而是想超越轮回,寻求解脱,找到自己灵魂真正的精神家园。所以后来成为了一个"扫地不伤蝼蚁命"的大德高僧。

二

　　附录的故事,以江流和尚在龙兴寺修行,暂且告一段落。接下来的第九回,故事又回到正文,但是既没有接着写江流和尚,也没有写孙悟空,甚至连寻找取经人的观音都没有说到,给人一种跑题的感觉。这一回到底写的是什么呢? 总体来说,包括两个小故事。第一个故事我们称为渔樵斗嘴,说的是在长安城外径河边,有一个叫张稍的渔夫,一个叫李定的樵夫。他们是不登科的进士,能识字的山人,都有点儿文化。卖了鱼和柴之后,在酒馆里喝酒闲谈的时候,就开始诗兴大发,你一首,我一篇的,夸起自己的职业好来。临走的时候,渔夫张稍还有点不服气,对李定说,你上山加点小心,遇到老虎可就不妙了。樵夫李定一听就火了,说你这不是咒我么? 我要是上山遇到老虎,你到江上必翻船。张稍说,我的船不但翻不了,而且每次打渔都能满载而归。这件事听起来挺神奇的,原来是他认识一个叫袁守诚的算卦先生。告诉他打渔的方位,叫他百下百着。两个人说者无心,但是听者却有意。这话被泾河水府里的一个巡海夜叉听到后,立刻就去报告龙王,说不得了了。长安城里西门街上,有个算卦先生,算的实在是太准了。每次指点那个叫张稍的渔夫打鱼,都能让他满载而归。这样下去,水府里的鱼虾越来越少,不是灭了大王你的威风了吗?

　　这个夜叉说的虽然是大实话,但明显有挑事儿的意味。龙王一听,果然大怒,就要找这个算卦的拼命。于是又引出龙人赌赛的故事。泾河龙王找到算卦先生袁守诚,跟他打了一个赌,让袁守诚算第二天什么时候下雨,雨有多少尺寸。龙王敢与袁守诚打这个赌,足见他胸有成竹。因为书中说他是"八河都总管,司雨大龙神",主管的就是长安城的行云布雨之事。他一回到龙宫,就突然接到玉帝的圣旨。圣旨命令他第二天降雨的时辰和数目,都与袁守诚算的丝毫不差,吓得他魂飞魄散,知道自己这回真的遇到高人了。但是他如果这时肯认输的话,就不会有后来的杀身之祸了。可他却偏偏咽不下这口气,利用自己的职务之便以权谋私,改动了降雨的时辰和点数。然后来到袁守诚的卦铺,去砸人家的招牌。他虽然赢得了赌赛,却输掉了身家性命。触犯天条,大祸临头。直到这时,龙王才发现自己铸成了大错。无奈之下,求袁守诚给他指条生路。这个袁守诚,果然是一个有涵养、有气度的高人。不计前嫌、让他去找唐王李世民帮忙。龙王在梦中求李世民救他,李世民一听监斩官是他手下的大臣魏征,就很有把握地答应了。也信守承诺,在第二天把魏征叫来陪他下棋。但是他却没想到,魏征在打盹的工夫儿把龙王给斩了。

其实唐王和龙王犯的是同一个毛病,都以为自己大权在握,可以为所欲为。但是谋事在人,成事在天。李世民答应龙王的事情没有做到,龙王的鬼魂要拉他到地府里去评理,从此他每天晚上都睡不着觉。派秦叔宝和尉迟敬德把守皇宫的前门,魏征把守后门,这样才安稳地睡了几天觉。但是经过这么一折腾,他病入膏肓,回天乏术,一命呜呼了。

故事讲到这里,我们可以回顾一下,龙王和唐王的死,都是由渔夫张稍和樵夫李定两个人斗嘴引起的。这有点儿像我们今天说的蝴蝶效应。看到这里,我们就明白了作者为什么要花大量篇幅去写那些枯燥无聊的诗歌对话了。如果说补录中江流和尚寻亲报仇的故事,是为了印证如来所说"贪淫乐祸,多杀多争"的话。那么第九回的故事,就是为了印证如来所说"口舌凶场,是非恶海"的话。

张稍和李定这两个看起来与世无争的平民百姓,因为彼此不服,相互吹嘘,竟然导致泾河龙王和大唐皇帝一命呜呼。看起来似乎有点儿夸张,但是我们如果仔细想一想就会发现,龙王和唐王之所以会得到那样的结果,与他们自己也有很大的关系。就如同我们前面所说的,他们以为自己大权在握,就可以操纵自然规律和世间万事。但是事实上,他们手中的权力都是上天赋予的,他们只是一个管理者,而不是主宰者。当他们自以为可以掌控一切的时候,却发现自己并没有想象中的那么厉害。包括他们的生死在内,其实都不是真正可以说了算的。

如果他们敬畏上天,谦卑谨慎,或许可以平安无事。而一旦自以为是,任意而为,触犯天条,后果不堪设想。正如第九章开头张稍所说的:"我想那争名的,因名丧体;夺利的,为利亡身;受爵的,抱虎而眠;承恩的,袖蛇而走。"他和李定表面上"逍遥自在,甘淡薄,随缘而过"。但心里还是放不下争强好胜的念头,你一句山青好,我一句水秀好,争来说去,最后间接害死了龙王和唐王。我们回顾一下,从像张稍、李定这样看起来与世无争的平民百姓,到陈光蕊和满堂娇那样的达官显贵,再到龙王和唐王这样的神仙皇帝。只要生活在"贪淫乐祸、多杀多争;口舌凶场,是非恶海"的世界里,就没有一刻的平安宁静,甚至随时可能命丧黄泉。因此,取经不仅是必要的,而且是迫在眉睫的。但是作者接下来,却并不急于写观音怎么找到圣僧,开始取经之旅,而是接着写唐王李世民魂游地府的故事。

三

李世民虽然一命呜呼,但他毕竟不是一般人,而是大唐皇帝。就在死前,魏征给了他一封信,让他到地府交给判官崔珏。正是这封信,帮了李世民的大忙。看来有人脉就是好办事,李世民在判官崔珏的一路照顾下,不但在地府受到了礼遇,而且还添了二十年的寿命,可以说是因祸得福。他来到地府很简单,出地府却大费周章。先是到阴山,然后过地狱,刚走过奈何桥,又来到枉死城。作者不惜笔墨,描写了地府中的诸般情形,叫人见了触目惊心。尤其是在写十八层地狱的时候,作者特意指出:善恶到头终有报,只争来早与来迟。并且详细地将犯过什么样的罪恶和要受怎样的恶罚，一一罗列出来。作者这样写，实在是用心良苦。目的无非是警示人们要离弃罪恶，存心向善。并借判官的口说道："陛下，那叫做奈何桥。若到阳间，切须传记。"

李世民过了奈何桥之后，又到了枉死城里，被孤寒饿鬼们缠住，这回连判官都帮不了他了。向相良借钱还债之后，才脱了身。作者写这一段的用意，在于告诫统治者们，即使是像唐太宗李世民这样一个开创了贞观之治、太平盛世的有道明君，其实也在打天下的过程中积攒了太多的孽债，有很多的冤魂债主要索他的命。所以不要居功自傲，而要勤政爱民。

李世民经过了枉死城之后，终于来到六道轮回之所。在佛教中，六道指的是天道、人道、阿修罗道、畜生道、饿鬼道、地狱道。但是在小说中，作者对六道进行了自己的诠释：

> 行善的，升化仙道；尽忠的，超生贵道；
>
> 行孝的，再生福道；公平的，还生人道；
>
> 积德的，转生富道；恶毒的，沉沦鬼道。

经过作者诠释的六道，印度的色彩淡化了，中国的意味浓厚了，更容易让人理解。唐王在离开地府之前，判官特意嘱咐他说："陛下到阳间，千万做个水陆大会，超度那无主的冤魂，切勿忘了。若是阴司里无报怨之声，阳世间方得享太平之庆。凡百不善之处，俱可一一改过，普谕世人为善，管教你后代绵长，江山永固。"还魂之后，唐王没有忘记在地府的经历和承诺，立刻派人着手办三件事。第一件，派人到地府送南瓜。第二件，派人向相良还债。第三件，举办水陆大会。前两件事都好办，最重要的还是举办水陆大会。

在举办大会之前，出了一点儿小波折。唐王让太史丞傅奕选举高僧，修建佛事。但是这个傅奕却上书说要取消佛教，并且罗列了一大堆的理由,看起来似乎是有凭有据。其实,他是站在儒家的立场上,来批判佛教的。这时宰相萧瑀站出来为佛教辩护,他提出的一个重要理由,就是佛教能弘善抑恶。这时傅奕又说,佛教让人不忠不孝。萧瑀回答说,地狱正是为这种人设的。其实,萧瑀的应对,都是以佛教适应中国文化为前提的。最后,这个问题,是以三教并存的方式加以解决的。说到底,儒、释、道三教之所以会在中国古代并存,是因为三者能在抑恶扬善的层面上,达到基本的共识。正如前文御制榜文中所说:"心行慈善,何须努力看经?意欲损人,空读如来一藏",作者总是有意无意地强调,诵经并不重要,行善才是关键。

四

接下来,唐僧再次出场,被选为水陆大会的坛主。然后,观音也再次出现。水陆大会即将举行,观音见到江流和尚,一眼就看出他是金蝉子转世,暗中已将他定为取经的人选。为了把如来的信物,即锦襕袈裟和九环锡杖送到他的手中,观音和木叉变成两个疥癞和尚,在大街上叫卖这两样宝贝。他们之所以这么高调,是为了引人注意,尤其是引起重要人物的关注,果然他们遇到了上文中为佛教辩护的宰相萧瑀。萧瑀将他们带到唐王李世民的面前,经过一番讨价还价之后,这两样宝贝终于被传到玄奘手上。玄奘作为取经人的身份,这时正式得以确立。但是取经这么重要的事,一定要取得唐王的支持才行。

水陆大会正式开始,玄奘和尚正讲得津津有味的时候,观音突然现身,打断他的讲演。当众指出他宣讲的小乘佛法的不足和大乘佛法的效用。这样一来,不仅让观看水陆大会的人知道了大乘佛法和三藏真经,同时也惊动了唐王。如果没有之前送袈裟的事情,估计这时唐王根本不会搭理这两个在水陆大会上捣乱的和尚,直接就治他们的罪了。这时一看是他们,不禁好奇起来。其实观音要的就是这种效果,于是顺理成章地提出取经之事。然后又和木叉现了本相,制造了轰动效应。唐王、文武百官和长安百姓们,都被深深地震撼。于是,西行取经成为一件势在必行的大事。到了这时,可以说,观音已经做好了一切取经的前期准备工作。玄奘和尚响应唐王的号召,愿意去西天取经,并且在唐王面前信誓旦旦:"我这一去,定要捐躯努力,直至西天。如不到西天,不得真经,即死也不敢回国,永堕沉沦地狱。"

历史上真实的西行取经,是在国家明令禁止的情况下,一次偷越国境的冒险。而在小说中,却成为了由唐王大力支持的事业。作者特意提到,唐僧说:"我已发了弘誓大愿,不取真经,永堕沉沦地狱。大抵是受王恩宠,不得不尽忠以报国耳。"在这里,唐僧取经的目的,已经由原来的自愿变成报恩。理想的色彩减淡,现实的意义突出。这样看来,无论是唐三藏、孙悟空、猪八戒、沙和尚,还是小白龙,他们走上取经的道路,组成取经的队伍,没有一个是心甘情愿的。都是因为某种不得已的原因,被迫走上这条路的。

作者在此说明一个重要的道理,人们其实很少会自愿走上寻求真理的道路。大多是因为在人生中遇到了问题,而且往往是遇到了难以解决的重大问题。因着某种机缘,在别人的感召和指引之下,才会走上这样一条道路。在小说中,观音担当的就是感召者和指引者的角色。也就是说,人们之所以能够走上寻求真理的道路,最终的原因不是人的自主自愿,而是真理对人的召唤。真理虽然客观存在,但只有那些接受真理召唤并且努力追求的人,才会真正地得到真理。

当玄奘即将踏上取经之路时,唐王问他:"这一去,到西天,几时可回?"

玄奘回答说:"只在三年,径回上国。"

当初观音接受如来的任务,要去寻找取经人。在灵山脚下,金顶大仙问他:"取经人几时方到?"他回答说:"约摸二三年间,或可至此。"

无论是唐僧,还是观音,都对取经道路的漫长和艰险,估计不足。取经路上,唐僧到底会遇到怎样的艰难险阻呢?

第七章　江流认亲与世民还魂

第八章

出关遇虎与两界收徒

一

从第十三回起,唐僧正式踏上了西行取经之路。书中明确写出了与历史记载不同的年月。"却说三藏自贞观十三年九月望前三日,蒙唐王与多官送出长安关外。"作者这样写法,并非是对历史的无知和以往传说的忽视,而是因为故事的需要。唐僧这次西行,具有唐王御弟钦差的身份,随身带着通关文牒。他代表的是东土大唐王朝。可是在十三回的开头,我们看到唐僧在出长安时的排场虽然隆重,可是准备却并不充分。也就是说,无论是他自己,还是大唐的君臣,都对西行路上可能遇到的艰难险阻认识不足。

唐僧只带了两个随从就出发了。一二日后,他们一行三众来到法门寺。"众僧们等下议论佛门定旨,上西天取经的原由。"在第八回,如来已经说明他传经的因由。而在法门寺中,唐僧向众人表明求经的心迹:"心生,种种魔生;心灭,种种魔灭。我弟子曾在化生寺对佛设下洪誓大愿,不由我不尽此心。这一去,定要到西天,见佛求经,使我们法论回转,愿圣主皇图永固。"而众僧听后,都赞扬他道:"忠心赤胆大阐释法师。"从唐僧的话中,我们可以得知,他求经的主要目的,是为了"皇图永固"。众僧赞扬他"忠心赤胆"。

他们说的话劝不像佛教僧人，更像儒家士人。当然，唐僧还提到心生魔生，心灭魔灭的道理，以及"尽此心"。联系到他的御弟钦差身份，都说明取经并非是为了个人解脱，而是为了寻求启蒙人心、拯救世道的真理。这是以唐太宗为代表的大唐君民对他的托付和希望。唐僧对此有强烈的责任感和使命感。这也是观音和唐王选择他担负取经重任的原因之一，决定了他是取经事业和八十一难的主角。尽管唐僧在性格、智慧、能力、处事等方面有很多不尽如人意的地方，可是他在取经这件事上，却从来没有因困难而动摇过。具有为理想、为使命而献身的牺牲精神。

离开法门寺，唐僧一行人来到巩州城。直到河州卫，都行走在大唐境内，得到地方上高规格的接待。路途平顺，让唐僧感觉不到危险即将到来。"这长老心忙，太起早了。"四更天还没亮，唐僧就带着两个从者匆匆出关边界赶路。到了荒郊野岭，闯入妖怪的地盘。这是唐僧头一遭遇到老虎，而且是虎精。追求真理的道路曲折难行，不可能一马平川。唐僧有情怀，可缺乏充分的准备，急于求成，才落入虎口之中。他的两个随从被妖怪吃掉，只有他在神仙的帮助下捡回一命。太白金星对他说道："只因你本性元明，所以吃不得你。"

其实唐僧在西行路上，除了这一次，也曾数次落入妖怪之手。可是每次都没有被吃掉，究其原因，就是因为他"本性元明"。由此可见，唐僧一行西天取经，在他看来是九死一生，但每次都会化险为夷。与前九次取经不同，这次取经是由如来主导，观音负责，三界神佛共同协作的一项事业。因此取经途中遇到的艰难险阻，八十一难，都在设计者的掌控之中，可谓万无一失。所有的磨难，并非偶然，而是为取经人量身打造的。一来让他们在磨难中身心得到锻炼和成长，二来是借此消灭铲除西行路上的各种邪恶势力，造福众生。

二

双叉岭落入虎口一难，让唐僧认识到取经路上危险重重。没有得力的助手和队友，寸步难行。正如诗中所写："那长老，战兢兢心不宁。这马儿，力怯怯蹄难举。"正是怕什么来什么，正在唐僧提心吊胆时，又陷入猛虎毒蛇的包围中。他以为这回必死无疑，"却说他虽有灾迍，却有救应"。唐僧虽有牺牲和献身精神，但对取经事业却缺乏信心，不能看到每次的危机之中都含有生机。猎户刘伯钦的出现，让唐僧再次死里逃生。经过一番对话，唐僧得知救命恩人也是大唐人士。镇山太保热情好客，让唐僧看到了与妖怪野兽吃人不同的另一种血腥场景。不管是妖吃人，还是人吃兽，都是伤生害命。对于唐僧来说，同样是难以接受的残忍行为。在刘伯钦家，他直言道："我贫僧就是三五日不吃饭，也可忍饿，只是不敢破了斋戒。"唐僧是一个清心寡欲的修行者，他能够克制自己的欲望，持守行事为人的准则。在这一点上，他要比孙悟空和猪八戒要强得多。

对于刘伯钦这样一个猎户来说，吃荤比吃素要多。从职业特征来说无可厚非。但是为了生计而大肆捕杀野兽，确实很残忍。作者借刘伯钦的"父亲之灵"，对他进行了规劝："我在阴司里苦难难脱，日久不得超生。今幸圣僧念了经卷，消了我的罪业，阎王差人送我上中华富地长者人家托生去了。"作者通过刘母涮锅去腥的举动，表明在饮食上有所节制并非不可。从尊重生命的角度来说，确实应该避免为了奢侈享受，而去杀害老虎、大象、犀牛、鲨鱼等野生动物，尤其是那些濒临灭绝的物种。

猎户出于生计和糊口杀害动物，与妖怪吃人一样，都觉得理所当然。是否说明为了生存，强大的生命对弱小的生灵进行捕杀吞吃，就具有天然的合理性呢？这个问题，值得我们加以深思。在生态系统的食物链中，实现生命之间的完全平等是不现实的,我们能够做到的,是在条件允许的情况下,尽量不要去做伤生害命的行为。

唐僧在离开刘伯钦家时,欢喜地收纳了烧饼干粮,对银两却分文不取。这是一种知足常乐的态度,对他来说,生活艰苦不是问题,生命安全最为要紧。他并不怕死,而是怕无法完成使命。当刘伯钦在两界山中提出"长老,请自前进,我却告回"的时候,唐僧希望他再送自己一程。就在这时,孙悟空及时出现。对于孙悟空的出现,唐僧最初的表现是惊慌失措。经过太保的介绍,知道了的来历:"这山旧名五行山,因我大唐王征西定国,改名两界山。先年间曾闻得老人家说:'王莽篡汉之时,天降此山,下压着一个神猴,不怕寒暑,不吃饮食,自有土神监押,教他饥餐铁丸,渴饮铜汁。自昔到今,冻饿不死。'这叫必定是他。"

三

唐僧见到压在山下的孙悟空,通过对话确认了彼此的身份后,答应救孙悟空脱困。不过这时他对孙悟空并不完全信任,毕竟孙悟空是一个被关了五百年,犯过造反重罪的囚犯。为谨慎起见,在揭去压帖前,他进行了祈祷。"若无徒弟之分,此辈是个凶顽怪物,哄赚弟子,不成吉庆,更揭不得起。"结果是孙悟空刑满释放,重新做人,正式成为取经队伍的一员。关于孙悟空被压在五行山下的时间,他自己说是五百多年。而刘伯钦从老人家口中听说是"王莽篡汉之时"。从西汉末年到唐朝初年,准确的历史时间要比五百年长。孙悟空说自己是犯了"诳上"之罪。从故事的前几回看,他的实际表现,与其说是争权夺位,不如说是狂妄自大。他对权力根本没有兴趣,两次起兵造反的目的,都是为了一个名,也就是面子,他的动机是为了满足不断膨胀的虚荣心。狂妄、自大,爱出风头,是他最明显的表现。

　　孙悟空被压在五行山下,是因为与如来赌输赢。从心智上来说,孙悟空就是一个爱玩爱闹,喜欢冒险的大胆少年。争强好胜之心,是他出生时就有的。只不过在学会各种神通本领之后,这种心态有了强大的实力做后盾,才越发膨胀。孙悟空在天宫大"闹"一场,比起王莽篡汉来说,不可同日而语。作者将大闹天宫的时候安排在西汉末年,孙悟空脱困在唐朝初年的用意是明显的。乱世中的英雄,在一个治世之中,仍然是有用武之地的。包括唐僧在内,取经团队中的五众,都是曾经犯过错误的罪人。在经历各种刑罚之后,改过自新,走上正路。不过,更重要的是,他们都是具有不同能力的人才,这是他们被观音选中的重要原因。孙悟空在被压的五百多年里,确实对自己过去的行为有所反省。俗话说,江山易改,本性难移。五六百年,朝代更迭。可孙悟空的秉性又有多大改变呢?

　　救出孙悟空后,唐僧辞别刘伯钦。师徒二人向西而行,过了两界山,离开大唐国境。唐僧第三次遇虎,不免惊心。孙悟空有了在唐僧面前施展本领的机会,不费吹灰之力就将老虎打死。唐僧见到徒弟的本事,不禁赞道:"强中更有强中手!"孙悟空在师父面前逞能一次,还嫌不够。第二天路遇强盗,他在嬉笑怒骂之中,将六个贼"团团赶上,一个个尽皆打死"。同样是为了保护自己,唐僧对于孙悟空打死老虎开口称赞,可是对打死人却大加斥责。从当时的情形来看,孙悟空说:"我若不打死他,他却要打死你哩。"似乎很有道理。不过唐僧的反驳更加有理:"他虽是剪径的强盗,就是拿到官司,也不该死罪。你纵有手段,只可退他去便了,怎么就都打死?"显然,孙悟空是防卫过当了。这些人有罪不假,但他不应该滥用暴力,私自刑罚。而且唐僧不仅从法律角度说明孙悟空的不是,更提出一个修行者的道德标准:"我这出家人,宁死绝不敢行凶。我就死,也只是一身,你却杀了他六人,如何理说?此事若告到官,就是你老子做官,也说不过去。"在一般情况下,对犯罪者,宗教的道德标准要比世俗的法律规范更宽容。从社会方面来看,杀人偿命,欠债还钱,天经地义。可是宗教信仰却更强调给犯罪者改过自新的机会。如果从法律的角度来看,孙悟空、猪八戒、沙和尚、小白龙的刑罚是不能更改的。正是从给人改过自新的方面,他们才得以从终身监禁、流放、处死等刑罚中得到赦免,并取得将功折罪的机会。

孙悟空自己刚刚被释放,却不愿意给别人改过的机会。正如唐僧所说的:"全无一点慈悲好善之心!"孙悟空不但不服,还强词夺理:"据花果山称王的时节,也不知打死多少人。"由此可见,他对自己当年的罪恶行径,并没有真正的反省。不以为耻,反以为荣。唐僧对他的问题,看得很清楚:"只因你没收没管,横暴人间,欺天诳上。才受着五百年前之难。"话不投机,孙悟空和唐僧都有"道不同不相为谋"的感觉,因此分道扬镳。取经团队刚刚组建,就出现解散的危机。项目的负责人观音,不得不亲自介入。她首先找到唐僧,给了他一件可以制约孙悟空的法宝。然后又去找孙悟空,教训了他几句。孙悟空在此之前,到东海龙宫里,听龙王讲张良"圮桥进履"的故事。龙王的话:"大圣,你若不保唐僧,不尽勤劳,不受教诲,到底是个妖仙,休想得成正果",让孙悟空下定决心,继续保唐僧西行。孙悟空和唐僧取经的动机不同,在唐僧更多是一种使命。而在孙悟空是为了前途。他之所以被释放,不是因为他已痛改前非,而是表示要将功折罪。从他刚被释放的表现来看,对以前的错误认识并不深刻。如果他不保唐僧取经,观音、如来,以及玉帝,都不会轻易放过他。难保不会被再次监禁关押。他能证明自己改邪归正的唯一行动,就是保唐僧取经。再次看到观音时,立刻表明了立场。

四

在骗孙悟空带上紧箍儿的事情上,体现了唐僧不拘小节的一面。在之前,唐王给他送行,他破例饮酒。而这次,他刚说完:"徒弟啊,出家人不要说谎。"自己就编出一套瞎话,骗孙悟空带上紧箍儿。这是否表明唐僧心口不一? 在他的心中,戒律固然重要,但更重要的是服从领导的命令。面对唐王和观音的指令,他不敢不服从。由此可见,唐僧并非是一个死守教条、食古不化之人。从后面故事情节发展来看,我们会发现,唐僧懂得许多人情世故。孙悟空带上金箍儿,是强行接受唐僧管教的开始。有了这个强有力的制约之后,他虽然心中对唐僧时有不满,但不得不唯命是从。从主观上来说,孙悟空一贯喜欢无拘无束,自由自在,一万个不愿意受到制约。为了摆脱紧箍咒,他挥棍要打唐僧,而且扬言要去南海打观音。可是,既然唐僧和观音都会念咒,他自然打不成。从客观上来看,唐僧每次念咒不一定都是对的,却保证了孙悟空不再任意妄为。他以后在处理事情时,在一定程度上要尊重唐僧的意见。两人之间的关系,可能会因此紧张,同时也紧密相连。紧箍咒代表的是对孙悟空的纪律约束,不到非常时刻,唐僧也不会轻易使用。所以,紧箍咒是一种应急措施,是唐僧对付孙悟空的撒手锏。因此,在团队组建初期,孙悟空对唐僧谈不上畏惧,也缺少必要的尊重。

第十五回,唐僧的白马被鹰愁涧中的小白龙吃掉,他长吁短叹,泪如雨落。气得孙悟空骂他"脓包"。纵然唐僧表现的十分无能,可是孙悟空也不应该这么目无尊长。同样,对于暗中保护唐僧的神祇,他也是呼来喝去,全无尊重。与小白龙照面,孙悟空劈头就打。小白龙问他来历,他也不说。如果说出自己是取经人,会省去很多麻烦。对于山神土地,他见面就说:"伸过孤拐来,各打五棍见面。"对帮他们渡河的落伽山土地,他不仅没有丝毫谢意,反而哂笑。"像他这个藏头露尾的,本该打他一顿。"孙悟空性格狂傲,待人无礼。对此他但不以为意,还沾沾自喜:"老孙儿自小做好汉,不晓得拜人,就是见了玉皇大帝,太上老君,我也只是唱个喏罢了。"听到此言,难怪唐僧会说:"不当人子!"

孙悟空在小说中被称为"心猿"，小白龙称为"意马"。书中对小白龙交待得不多，他的罪行是"忤逆"，而且是被父亲亲自告上天庭的。由此推之，小白龙的罪过与不孝有关。孙悟空带上金箍儿，小白龙化为马，是为"心猿归正，意马收缰"。正如观音所说："你不遵教令，不受正果。若不如此拘系你，你又诳上欺天，知甚好歹！再似从前撞出祸来，有谁收管？须是得这个魔头，你才肯入我瑜伽之门路哩。"对于像孙悟空这样无组织、无纪律、没礼貌、没规矩，而又本领高强的人，紧箍咒是必要的约束手段。只有当他能够真正做到"从心所欲不逾矩"的时候，这种手段才没有存在的必要。

第九章

收服顽劣与禅师指路

一

唐僧收服了心猿和意马之后,取经队伍壮大,装备升级。这一日,他们来到观音禅院。对于出家修行之人来说,理应清心寡欲。可是这里的僧人从老到少,吃穿用度奢侈讲究,而且还有头陀、道士和幸童使役。老院主已有二百七十多岁,看他的穿着:"头上戴一顶毗卢方帽,猫睛石的宝顶光辉;身上穿一领锦绒褊衫,翡翠毛的金边晃亮。一对僧鞋攒八宝,一根拄杖嵌云星。"俨然是一个富家财主。所谓上行下效,老院主当值期间收藏了七八百件袈裟,而新院主的袈裟也不止二三十件。他们将自己的袈裟拿出来炫耀,明显有斗富之嫌。唐僧从这些僧人的言谈举止之中,发现他们有蹊跷。

老院主恭维唐僧来自天朝上国,广览奇珍。当他说道:"可有甚么宝贝,借与弟子一观"时,唐僧很警觉,谦虚地答道:"我那东土,无甚宝贝。"可是孙悟空却说漏了嘴:"师父,我前日在包袱里,曾见那领袈裟,不是件宝贝?"他这种争强好胜的心理,是最容易惹祸上身的。当孙悟空要拿出袈裟给众僧观看时,唐僧立即出言制止:"徒弟,莫要与人斗富。你我是单身在外,只恐有错。"

唐僧在取经之初,对于人情世故颇为熟稔。他既看出众僧的言行有异，心中自然有所防备。向孙悟空说道："你不曾理会得，古人有云：'珍玩好之物，不可使见贪婪奸伪之人。'倘若一经入目，必动其心；既动其心，必生其计。汝是个畏祸的，索之而必应其求，可也；不然，则殒身灭命，皆起于此。事不小矣。"唐僧胆小怕事是真，可是谨小慎微总是没错。只是悟空不听他的劝告，非要拿出宝贝来炫耀。老院主见财起意，软磨硬泡之下，将袈裟拿去观看。唐僧说的一点儿没错，老院主哪里是欣赏，分明要据为己有。正如他自己所说："我虽是坐家自在，乐乎晚景，却不得他这袈裟穿穿。若教我穿得一日儿，就死也闭眼，也是我来阳世间为僧一场！"由此可见，他的贪心有多么重。作为一个修行者，他并不在意自己的灵魂归宿，只是贪图世间享受。

正所谓上梁不正下梁歪，老僧的两个心腹弟子，分别为他出谋划策，要害死唐僧师徒，将袈裟、白马、行囊全部据为己有。广智和广谋，一个比一个阴险狡诈。通过这一段描写，我们可以推知，禅院中的僧众之所以会积累大量财物，没少干这种杀人谋财的勾当。"原来他那寺里，有七八十个房头，大小有二百馀众。当夜一拥搬柴，把个禅堂前前后后，四面围绕不通，安排放火不题。"这些僧人行动迅速，动作干练，简直与强盗不相上下。可惜，天网恢恢，疏而不失。他们做惯了这种伤天害理的事情，报应终于来到。孙悟空艺高人胆大，他一向嫉恶如仇，借此机会反将禅院烧了大半。老和尚的如意算盘没有打响，反倒害了自己性命。寺中的僧人们也蒙受了重大的财产损失。"你看那众和尚，搬箱抬笼，抢桌端锅，满院里叫苦连天。"不义之财，虽可享用一时，至终必然难保，甚至还有可能成为祸端。

二

孙悟空敢于在心术不正之人面前卖弄，是因为他对自己的能力非常自信,自认为可以掌控一切。不过,贪财好利的不只禅院中的僧人,还有二十里外黑风山上的妖怪。黑熊怪与老院主是朋友,他见院中失火,本来想仗义相助。可是他们的友谊在财宝面前,显得脆弱不堪。"正是财动人心,他也不救火,他也不叫水,拿着那袈裟,趁哄打劫,拽回云步,径转东山而去。"如果不是黑熊怪趁乱盗走袈裟,老院主也不至于一头撞死。这都是老院主交友不慎,危急之时不仅没有助益,反被其害。黑熊怪的出现,让孙悟空的算计出现了纰漏。袈裟失窃,他责无旁贷,并为此遭到了唐僧的责罚。孙悟空一向自以为是,争强好胜,没有听从唐僧的劝告,非要拿出宝物炫耀,才导致袈裟丢失。他为了找回袈裟,对院中僧众进行盘查,找出了线索。

黑熊怪偷了宝物,如果低调一点儿,也许不会很快被孙悟空坐实就是盗宝贼。但他也喜欢张扬和炫耀,明目张胆地要将赃物展出,大搞"佛衣会"。孙悟空急于夺回袈裟,与黑熊怪交手三次。他没想到,这回遇到了对手。孙悟空力敌不成,只好智取。不过黑熊怪并不笨,他很快就识破了孙悟空的伪装,让其无功而返。孙悟空一直自信自己"历代驰名第一妖"的实力,可是在寻回袈裟这件事上,却一筹莫展。说到底这场麻烦,都是他自己找的。事发之后,孙悟空因为自己犯了错,对唐僧的无礼态度有所改变,甚至有些低声下气。孙悟空被挫了锐气,无奈之下,只得找观音帮忙,见面时他还要小聪明,明明是求人,却说观音的不是。

观音当即呵斥道:"这猴子说话,这等无状!既是熊精偷了你的袈裟,你怎来问我取讨?都是你这个业猴大胆,将宝贝卖弄,拿与小人看见,你却又行凶,唤风发火,烧了我的留云下院,反来我处放刁!"孙悟空这时才老实承认错误。黑熊怪与孙悟空一样,也很狂妄自大,自以为是,可是却没想到,孙悟空请来了能手相助。观音在这件事上,也不是完全没有责任。正如孙悟空所说:"你受了人间香火,容一个黑熊精在那里邻住。"观音禅院里的僧人敛财无数、杀人放火、与妖怪往来,历经三百年不知犯下多少罪孽。可是禅院却仍然香火鼎盛，其中的一个重要原因，是他们利用观音的声望和招牌。这就如同今天很多不法商家，会请知名人士为其商品代言一样。某些名人对自己代言的品牌并不了解，后来产品出了问题，代言人自然会受到牵连。这种现象屡见不鲜。

孙悟空想出降服黑熊怪的办法，需要观音变作妖怪配合。当观音变成凌虚子之后，孙悟空说道："妙啊，妙啊！还是妖精菩萨，还是菩萨妖精。"观音笑道："悟空，菩萨、妖精，总是一念。若论本来，皆属无有。"观音的话耐人寻味，所谓菩萨妖精，只是一念之间，善恶也是如此。黑熊怪中了孙悟空的计，被观音带上禁箍咒，收做守山大神。纵然是出于被迫，黑熊怪实现了由妖到神的转变，可以说是因祸得福。"那黑熊才一片野心今日定，无穷顽性此时收。"

同样是贪图袈裟，老院主和黑熊怪的下场却是两样。在西游故事中，犯了相同罪过的人和妖，常常会有不同的结局。除了老院主是自杀之外，大多是处死或收管，也有少数是逃亡的。黑熊怪戴上了禁箍儿，这表明要想对付贪婪，就必须严加禁止。不仅要从行为上，而且要从心中除去贪念。经过观音禅院一场大火之后，院中的僧众都受到了深刻的教训。贪图别人的财物，是不会有好下场的。大火烧毁了禅院中的财产，也烧掉了他们心中的贪念，这也是一种因祸得福。黑熊怪被制伏后，没有进入取经队伍，而是做了落伽山的守山大神。这是观音的明智之举，为了防止有人走后门，利用她的名声和关系谋利，她采取了防范措施。越是有社会地位和名望的人，越是应该注意自己的言行。不仅自己要小心谨慎，更要约束自己的亲人、朋友、下属，利用自己的名义收受贿赂，做违法乱纪的事情。在观音的帮助下，失去的袈裟被寻回。离开观音禅院后，唐僧师徒来到高老庄。

三

　　他们本来只想借宿,却碰巧遇到捉妖之事。用孙悟空的话说:"因是借宿,顺便拿几个妖怪儿耍耍的。"这话说得轻松,一方面表明孙悟空爱管闲事,另一方面表明他好打不平。在取经路上,只要是遇见妖怪,孙悟空一般都不会放过。如果说唐僧的目的是取经,他的兴趣则在除妖。唐僧重在扬善,孙悟空重在除恶。在帮高家除妖一事上,师徒两人的意见是一致的。孙悟空为了摸清妖怪的底细,询问了高员外一些基本情况。从他的讲述来看,这个妖怪并没有做过什么伤天害理的事情。通过与妖怪的交谈和打斗,孙悟空对妖怪的了解越来越多。整件事情的来龙去脉,最后被他弄得清清楚楚,于是对唐僧和高员外直言不讳地说道:"你这老儿不知分限,那怪也曾对我说,他虽是食肠大,吃了你家些茶饭,他与你干了许多好事。这几年挣了许多家资,皆是他之力量。他不曾白吃了你东西,问你祛他怎的?据他说,他是一个天神下界,替你巴家做活,又未曾害了你家女儿。想这等一个女婿,也门当户对,不怎么坏了家声,辱了行止,当真的留他也罢。"

　　高员外的话,道出他不能接受这个女婿的真正原因。"长老,虽是不伤风化,但名声不甚好听。动不动着人就说:'高家招了一个妖怪女婿!'这句话儿教人怎当?"对于高家这样一个富户来说,并不在乎上门女婿是否能干,因为他家并不缺钱,而是在乎名声。而对于猪刚鬣来说,他能吃能干,并不曾亏待妻子与娘家。自从被观音劝善,受了戒行之后,他真的已经重新做人,不再为妖。但是他并没有一心一意等候取经人,而是娶了老婆过日子。这是一种三心二意的态度,取经对于他来说,具有投机的性质。孙悟空将他带到唐僧面前,他的第一个要求居然是:"今日见了师父,我开了斋罢!"在离开高家之前,他对丈人说道:"丈人啊,你还好生看待我浑家:只怕我们取不成经时,好来还俗,照旧与你做女婿过活。"这说明他对取经事业缺乏信心。

在猪八戒身上,集中体现了贪图享乐、不思进取的人生态度。他身上最明显的缺点就是贪食好色,从他的自诉中,我们可以得知,他"自小生来心性拙,贪闲爱懒无休歇。不曾养性与修真,混沌迷心熬日月"。他当时就是一个浑浑噩噩、混吃等吃的人。不过是因为运气好,被神仙度化为天神。之后他在天庭身居要职,却由于"旧日凡心难得灭",以致"放生遭贬出天关"。一个人如果没有远大理想,不求上进,即使得到命运的垂青,也会爬得有多高,摔得有多惨。对于猪八戒来说,他投错猪胎,不是偶然,而是必然。他曾身居要职,因为生活作风问题而被革职。但他没有接受教训,而是变本加厉,越发堕落,实在可悲。加入取经队伍,让他有了重新做人的机会。但这次他能好好把握吗?他身上的缺点很多,可也并非一无是处。他的一身力气,在取经过程中,还是发挥了不少作用。并且他还有一个优点,就是能听人劝。或许正因为如此,他才会接受观音的劝导,走上正途。当年有神仙肯度他,说明他的潜质不错,不然也不会做到天蓬元帅的位置。

四

离高老庄不远的浮屠山上,有位乌巢禅师,就曾想收猪八戒为徒。在唐僧师徒三人路过山下时,禅师见猪八戒走上正路,连声说好。唐僧见到禅师,知道是个有道行的,问他西行的路程。禅师教授给他一卷《多心经》,书中写道:"此乃修真之总经,作佛之会门也。"从此之后,唐僧经常念诵这卷经文,可以说,《多心经》是坚定唐僧取经信念,带给他信心的重要思想资源。唐僧有了指导思想并不满足,还想知道具体的行程。禅师又给他说了一偈:"道路不难行,试听我分付:千山千水深,多瘴多魔处。若遇接天崖,放心休恐怖。行来摩耳岩,侧着脚踪步。仔细黑松林,妖狐多截路。精灵满国城,魔主盈山住。老虎坐琴堂,苍狼为主簿。狮象尽称王,虎豹皆作御。野猪挑担子,水怪前头遇。多年老石猴,那里怀嗔怒。你问那相识,他知西去路。"

前途凶险,危机重重。禅师仿佛具有未卜先知之能,对取经计划了如指掌。他的出场,为唐僧师徒指明了前进的方向,不过语带戏谑,这让孙悟空很生气。但高人就是高人,孙悟空奈何不得他,只得继续赶路。取经队伍日益壮大,唐僧师徒三人在老王家借宿,猪八戒展现出惊人的食量。老王说西行有妖,孙悟空却坦然无惧。黄风岭上的妖怪着实有些手段,孙悟空有猪八戒相帮,也难以战胜他。为救唐僧,二人只得请灵吉菩萨帮忙。在这次劫难之中,初步显示了团队的重要性。孙悟空在前方与妖怪战斗,猪八戒在后方看守行李马匹。两人第一次合作,体现了队友之间的精诚团结。当孙悟空被吹伤了眼睛,猪八戒尽心扶持,帮他渡过难关。这个故事中出现的黄风怪是一个贼,因为有灵吉菩萨的镇压,他不太敢放肆。可是他手下的虎先锋却是胆大妄为,甚至捉了唐僧。

黄风怪是一个有前科的盗窃犯。如灵吉菩萨所说:"因为偷了琉璃盏内的清油,灯火昏暗,恐怕金刚拿他,故此走了,却在此处成精作怪。"黄风怪再次被抓,完全是咎由自取。纵然唐僧不是他亲自捉到洞中,可他不肯将唐僧放走,才再次犯了事,说到底是贼心不死。如果一个人有了过错,不能真正洗心革面、痛改前非,而是继续为恶,最终仍难逃离法网。孙悟空嫉恶如仇,本想将黄风怪打死,却被灵吉菩萨阻拦,理由是让黄风怪先交待犯罪事实,然后再定罪。小说中出现的许多妖怪,都被神佛主人带走,而没有被处死,是为了再教育,这与取经启蒙人心、造福众生的目的是一致的。这也是为什么猪八戒、沙和尚、小白龙都曾犯过重罪,而被允许加入取经队伍的原因。对于孙悟空也没有终身监禁,而是给他将功赎罪的机会:如来将他压在五行山下,观音答应释放他,都是给他悔罪的机会。后来孙悟空在西行路上经历得多了,渐渐明白了得饶人处且饶人,要给犯错之人机会悔改的道理。

第十章

沙僧归队与初试真心

一

在乌巢禅师的偈语中,有"野猪挑担子,水怪前头遇"的话。猪八戒还说:"这句话,不知验否?"师徒三人一马来到流沙河边,果然遇到了水怪。这个妖怪样貌凶恶,上岸就直奔唐僧。孙悟空眼疾手快,将师父抱上高岸。猪八戒奋勇上前,与妖怪战在一起,不分胜负。孙悟空上前帮忙,水怪不敌,躲入河中。与上次战黄风怪不同,这回是猪八戒打头阵,孙悟空在旁协助。之所以会这样分工,是因为孙悟空自称水下本领不行。而猪八戒曾掌管天河水军,在河里作战具有一定的优势。但这个妖怪的水下功夫十分了得,与猪八戒可谓半斤八两。在打斗中,妖怪自报家门,原来他也是天上贬下来的神将,遭遇和猪八戒有几分相似。他身为卷帘大将时,在蟠桃会上打破玻璃盏,惹怒玉帝,被贬到流沙河东岸上。或许玻璃盏十分珍贵,是玉帝的稀罕之物,他死罪得免,却活罪难逃:每七日一次,飞剑要穿他胸胁百余下。与猪八戒相比,他的处罚更重。如果说猪八戒为妖,是因为贪欲使然,恶性不改。而卷帘大将为妖,则是因为难以忍受折磨,在看不到希望的情况下,自甘堕落。

作者在书中,一直秉承劝善与惩恶并行的原则。从沙妖的身上,我们看到一种现象——不给犯错的人机会悔改,不让他看到人生还有转机,那么他就会自暴自弃、破罐子破摔。本来他犯的不过是渎职罪，或者说因办事不利损坏公物，与孙悟空起兵造反，猪八戒骚扰女同事这种主动犯罪不同，应该属于过失罪。可对他严厉的惩罚，不仅不能促使他改正错误，反而让他产生苦毒怨恨，报复社会的想法。从沙妖前两次出场的情形来看，他一发现岸边有人，二话不说，直接就上前打杀。据他自己说："我在此间吃人无数，向来有几次取经人来，都被我吃了。凡吃的人头，抛落流沙，竟沉水底。这个水，鹅毛也不能浮。惟有九个取经人的骷髅，浮在水面，再不能沉。我以为异物，将索儿穿在一处，闲时拿来顽耍。"

沙妖以杀人为常事，内心何等地扭曲变态？非常值得思考。很多变态杀人狂，并非天生就那样，而是因为有过特殊的经历。沙妖每七天被飞剑穿身百余下，心中集聚了无尽的痛苦怨恨。上天对他没有怜悯，他也体会不到上天的好生之德，残酷地向无辜的人报复。在这些被残害的人群中，有九个是有道行的取经人，他们很可能对沙妖进行过劝化，可是却无法解除其所受的痛苦。行善作恶对沙妖来说，并没有什么区别，很多报复社会的人也具有同样的怨毒心理。他们觉得"我被社会遗弃，活得非常痛苦。而你们凭什么就那么快乐，我要让你们一起尝尝痛苦的滋味。就是死，我也要拉你们一起垫背。"采用惩罚的方法来对付犯过错误的人，不给他们改正的机会，只会让他们变得越来越罪恶。

观音深知沙妖的问题出在哪里，对他说："我叫飞剑不来穿你。那时节功成免罪，复你本职如何？"对于沙妖来说，流沙河本来是他一个人的苦海，可是他的怨毒，将这条河变成所有过河之人的无边苦海。他将一个人的痛苦，放大到所有渡河之人的身上。流沙河是一条充满苦毒和怨恨的河流，象征着沉沦和堕落。取经人纵然被妖怪所吃，心中却没有怨恨，因此他们的骷髅没有沉入河底。能够战胜怨毒的，只有宽恕。唐僧是十世修行的好人，他前九次也曾取经，却都被阻到流沙河，葬身于沙妖之口。任他对此没有怨恨，对取经事业无限执着，对人间充满慈悲大爱。可是，我们还应该看到,有情怀和爱心,还不足以成就大事,同时也需要天时、地利、人和。天时就是如来启动了取经计划,地利就是唐僧生在东土大唐,人和就是唐王对取经事业的热心支持。同时还有观音已经探明路径,规划了有惊无险的路线,并且帮唐僧组建了取经团队。收服沙妖之后,取经团队正式建立。沙妖改名为沙悟净,由妖怪变成和尚。

在第二十二回中,提到了一个重要问题。就是为什么要让肉体凡胎的唐僧,历经各种艰难险阻,走十万八千里去取经。孙悟空对此进行了解说:"但只是师父要穷历异邦,不能够超脱苦海,所以寸步难行也。我和你只做得个拥护,保得他身在命在,替不得这些苦恼,也取不得经来,就是有能先去见了佛,那佛也不肯把经善与你我。正叫做若将容易得,便作等闲看。"如果得到太容易,就不会珍惜。免费的讲座或课程,大家都觉得可听可不听,可是付费的课程,不去听就有损失。如果真经由如来派人直接送到东土,或者能够免费到"官网下载",那么就不会被重视。在信息爆炸的时代,知识付费已经是一种被大众认可的购买行为。如来知道知识的价值,也很懂得营销策略。但取经并不止是知识传递这么简单,在这个过程中,要实现启蒙人心、造福众生的伟大计划,则需要对取经团队的考验和磨练,让他们不断发现自己的缺点,改正自己的错误。唐僧、孙悟空、猪八戒、沙和尚都有前科,无论是言谈举止,还是行事为人,有不少缺点。只有经历磨难,才能不断克服身上的弱点,塑造良好的品格。而通过他们与各种妖魔鬼怪的斗争,又可以抑强扶弱、铲除邪恶,改变地方上的不良现象,纠正各样不正之风,造福百姓、服务大众。因此,取经本身的意义重大。既然取经是正义的事业,那么各种邪恶势力就会对之横加阻碍。吃唐僧肉可以长生不老的传闻不知是真是假,不过却成为各路妖魔阻碍取经团队西行的重要动力,或者也可以说是堂而皇之的理由。

二

收服沙妖之后,取经队伍组建完成。应该说,这支队伍是由观音精挑细选的。黑熊怪的能力和孙悟空不相上下,但观音没有让他进入取经团队,而是替自己守护山门。可能是因为黑熊怪一直都是妖怪,而不是像孙悟空、猪八戒、沙和尚一样,有过在天庭供职的经历。我们可以说,虽然取经团队的四人一马都犯过错误,但毕竟他们都出身不凡:金蝉长老、齐天大圣、天蓬元帅、卷帘大将、西海龙王三太子——可谓"根正苗红"。观音在组建完成这支团队之后,需要考验一下他们对取经事业的忠诚度。除了唐僧是主动向唐王请命取经之外,孙悟空、猪八戒、沙和尚都带有将功赎罪求取功名的个人目的。观音煞费苦心,请来几位重量级的人物来一起考验他们,是想测试一下,取经者是否具备相应的素质,哪些人是应该给予肯定和鼓励的,哪些人是需要鞭策和教训的。取经是一项意义重大,同时又充满艰辛的事业,这次测试的内容是美色和财富的诱惑。

对于一个没有多大人生抱负,只求个人享受,缺乏社会担当的人来说,"老婆孩子热炕头"的生活就很不错了。摆在取经团队面前的诱惑,比这要大得多,用那招婿妇人的话来说:"舍下有水田三百馀顷,旱田三百馀顷,山场果木三百馀顷。黄水牛有一千馀只,骡马成群,猪羊无数;东南百北,庄堡草场,共有六七十处;家下有八九年用不着的米谷,十来年穿不着的绫罗;一生有使不着的金银;胜强似那锦帐藏春,说什么金钗两路。你师徒们若肯回心转意,招赘在寒家,自自在在,享用荣华,却不强如往西劳碌?"

她说完财产,又说起美色:"大女儿名真真,今年二十岁;次女名爱爱,今年十八岁;三小女名怜怜,今年十六岁,俱不曾许配人家。虽是小妇人王陋,却幸小女俱有几分颜色,女工针指,无所不会。因是先夫无子,即把他们当儿子看养,小时也曾教他读些儒书,也都晓得些吟诗作对。"而妇人招赘女婿的条件,几乎是没有门槛的。对于这样的黄金窝、温柔乡来说,确实"胜强如那瓦钵缁衣,雪鞋云笠"。曾经有过"倒插门"经历的猪八戒,对于这样的生活无疑是向往的。但他也不想想,哪会有天上掉馅饼的好事儿?大多数被忽悠,上当受骗的人,都有捡便宜、不劳而获的想法。而骗子们利用的,就是人们想迅速发家、一夜暴富的心理。人们没有侥幸心理,就不会利令智昏,陷入圈套。

我们再看取经人面对诱惑的反应。首先是猪八戒:"闻得这般富贵,这般美色,他却心痒难挠,坐在那椅子上,一似针戳屁股,左扭右扭的,忍耐不住。"对于一个贪图眼前享受、缺乏远大理想的人来说,面对诱惑和圈套,几乎没有任何抵御能力。再看唐僧"好便似雷惊的孩子,雨淋的虾蟆,只是呆呆挣挣,翻白眼儿打仰。"他一心以取经为念,对世俗的诱惑全不理会。他呵斥八戒道:"你这个业畜!我们是个出家人,岂以富贵动心,美色留意,成得个什么道理!"真正有理想、有追求的人,时时都不忘初心。当妇人说起世俗的享乐之时,唐僧不以为然道:"出家立志本非常,推倒从前恩爱堂。外物不生闲口舌,身中自有好阴阳。功完行满朝金阙,见性明心返故乡。胜似在家贪血食,老来坠落臭皮囊。"

他之所以能抗拒诱惑,是因为有坚定的信仰。而孙悟空和沙和尚的态度相似,同样拒绝财富和美色的诱惑。对于孙悟空来说,他在乎的是名声,取经能让他得成"正果",这是其他任何事情都难以取代的。而沙和尚刚刚脱离严酷的刑罚,想要洗刷过去的污点,重新被社会接纳,当然不会放过刚刚得到的翻身机会。"弟子蒙菩萨劝化,受了戒行,等候师父;自蒙师父收了我,又承教诲;跟着师父还不上两月,更不曾进得半分功果,怎敢图此富贵!宁死也要往西天去,决不干此欺心之事。"在眼前的享乐和长远的利益面前,沙和尚毅然选择了后者。因此,不管是出于何种原因,唐僧、孙悟空和沙和尚西行取经的意念是坚定的。只有猪八戒没有通过测试，受到相应的惩戒。不过，他并没有因此被逐出取经队伍，而是继续和众人一起上路。

三

观音在测试完毕之后，对唐僧给予肯定，对猪八戒加以惩戒。她通过这件事情告诉取经团队，他们的一切言行举止、心思意念，都在高层领导的监控之下。通过考验后，师徒四人来到五庄观。五庄观观主镇元大仙念在唐僧前世有传茶之谊，特意拿出观中的珍稀特产人参果招待他，却因此引起一场事端。从根源上来说，生起事端是因为镇元大仙对取经队伍缺乏真正的尊重和信任。既然要做好人，就该大大方方，他却说："唐三藏昌是故人，须要防备他手下人罗唣，不可惊动他知。"清风和明月听了师父的话，在没见面之前，就对唐僧师徒心存偏见。他们在待人接物方面，表现出自视甚高的傲慢态度。唐僧对此并不介意，孙悟空却咽不下这口气，直说他们："人也不认得，你在那个面前捣鬼，扯什么空心架子！"

以镇元大仙的身份地位，道童所说："三清是家师的朋友，四帝是家师的故人，九曜是家师的晚辈，元辰是家师的下宾"，倒也是实情。只不过孙悟空一贯自视甚高，所谓"文无第一，武无第二"，他当然不服，便忍不住反唇相讥。唐僧不识人参果，让两个道童看不起，觉得他没见过世面。唐僧的确是肉眼凡胎，孤陋寡闻，自己不识货，还说人家："乱谈！乱谈！树上又会结出人来？拿过去，不当人子。"说到底，是唐僧对镇元大仙并不信任。双方虽然名为故人，其实相互猜疑，导致误会越来越深。

如果唐僧识货吃了果子，或者两个道童不背着唐僧的徒弟们献果，就不会有孙悟空偷果、推树的事情发生。两个道童因为师父的话，对唐僧师徒心存偏见。见到果子被偷，道童们也不好好和他们师徒理论，而是破口大骂,致使矛盾激化。他们太小看孙悟空了,以为锁上门,就可以将唐僧师徒困住。这在孙悟空看来,实在是小儿科。师徒四人一马,连夜逃走。不过孙悟空也低估了镇元大仙的实力。他们连夜赶路,顷刻间就被镇元大仙赶上,展开袖子一笼,全部抓回五庄观。孙悟空和镇元子各展手段,才知道对方是不好惹的。

镇元大仙提出医树放人的条件,孙悟空理亏在先,只得到处求仙访道,找医树的方法。在这个过程中,他开始学会求人。他在十洲三岛转了一圈儿后没有找到良方,只得去求观音帮忙。观音医活了人参果,皆大欢喜。人参果本是延年益寿之物,只因唐僧不识货,经历了死生之劫。最后观音医树的情景,说明镇元大仙和唐僧摒弃了猜疑和误解,共同携手,互相帮助。"大仙即命小童子取出有二三十个茶盏,四五十个酒盏,却将那根下清泉舀出。行者、八戒、沙僧,扛起树来,扶得周正,拥上土,将玉器内甘泉,一瓯瓯捧与菩萨。菩萨将杨柳枝细细洒上,口中又念着经咒。不多时,洒净那舀出之水,只见那树果然依旧青枝绿叶浓郁阴森,上有二十三个人参果。"

误解和不信任,不仅出现在镇元大仙师徒和唐僧师徒之间,也存在于取经队伍内部。当猪八戒听明月说偷了四个,当即怀疑孙悟空:"既是偷了四个,怎么只拿出三个来分,预先就打起一个偏手?"当孙悟空说要逃走时,猪八戒又说道:"愁你没有法儿哩!你一变个什么虫蛭儿,瞒格子眼里就飞将出去,只苦了我们不会变的,便在此顶缸受罪哩!"在师徒四人中,唐僧和猪八戒只顾自己,沙和尚少言寡语,只有孙悟空敢于承担责任,两次替唐僧挨鞭打。镇元子欣赏孙悟空的本事和勇敢,更看到他的情义和人脉,因此愿意和他结为兄弟。"这才是不打不成相识,两家合了一家。师徒四众,喜喜欢欢。"这次的猜疑和误会解除了,可是取经队伍中的矛盾却没有化解,一旦遇到外在的试探,很容易暴露出问题。彼此缺乏信任和团结的队伍,到底能走多远呢?

第十一章

行者被逐与唐僧变虎

一

　　第二十七回,孙悟空三打白骨精的故事,在中国可谓家喻户晓,屡次被搬上戏曲舞台和影视屏幕。在小说中,这一回的题目是"尸魔三戏唐三藏"。相对于其他故事来说,篇幅并不算长。而这个故事之所以吸引人,在于其中包含了丰富的象征意义。我们先来看,故事中出场的妖怪尸魔,即我们耳熟能详的白骨精,与其他动物或植物成精的妖怪有何不同。白骨精不是活物,而是死物,即一具白骨。论到武功,白骨精连孙悟空一招都招架不了,也不一定是猪八戒和沙和尚的对手。这就决定了她要想将唐僧弄到手,就必须智取。故事开头,作者即向我们展现一幅师徒不睦的场景。唐僧行路感到饥饿,让孙悟空去化斋。孙悟空没有立刻去,唐僧就骂他懒惰。两人争吵几句之后,孙悟空才为唐僧去摘桃。这件小事表现出唐僧对孙悟空的不满。在五庄观的故事中,师徒之间的不信任、不团结已现端倪。在这个故事中,彼此的矛盾进一步显露和激化。

　　白骨精在阴风里,见孙悟空离去,开始打起唐僧的主意。她从别的妖怪口中听说吃唐僧肉可以长生不老。"几年家人都讲东土的唐和尚取'大乘',他本是金蝉子化身,十世修行的原体。有人吃他一块肉,长寿长生。真个今日到了。"按理说妖怪都想吃唐僧肉,有了这样的小道儿消息,不应该轻易地透露给潜在的竞争对手。"若过此山,西下四十里,就不伏我所管了。"白骨精在妖怪堆里本领平常,地盘不大。就连她都能听到这样的消息,可见在西行路上,这是一个众妖皆知的秘密了。实际上,吃唐僧肉能不能长生不老,始终是一个谜。有人大肆散播这个消息,无非是出于两个原因。一是让唐僧陷入危险,不能西行取到真经。二是引西行路上的妖怪来打唐僧的主意。也就是说把唐僧当做诱饵,引这些妖怪上钩。只有这样,才能让唐僧经历九九八十一难。不管怎么说,白骨精是听信了谣言,并且采取了行动。

她先后变成年轻貌美的少女、老妪和老汉一家三口,来诱骗唐僧上当。她的骗术在孙悟空看来并不高明,孙悟空为了说服唐僧,甚至现身说法:"老孙在水帘洞里做妖魔时,若想人肉吃,便是这等:或变金银,或变庄台,或变醉人,或变女色。有那等痴心的爱上我,我就迷他到洞里,尽意随心,或蒸或煮受用。吃不了,还要晒干了防天阴哩!"孙悟空的话并不完全可信,他是为了让唐僧认清真相,才拿自己做例子的。为什么这样说,一是除了他自己的"现身说法"之外,其他地方从来没有提到孙悟空吃过人。二是孙悟空在花果山时,手下有万千猴精妖魔,他想吃人根本不用自己亲自出手,即使他亲自动手,弄一阵妖风就可以,根本不用大费周章去骗。他被逐回花果山后,弄死一干全副武装的猎人,也不过吹了一口大气,可是他却没有吃那些人的肉。由此可见,孙悟空是在以"自诬"的方式,来向唐僧说明妖怪骗人的把戏。

唐僧对于孙悟空的话,有几分相信了。白骨精的三次变化,都是有破绽的。在孙悟空的解说下,唐僧也觉得有道理。而问题就出现猪八戒和沙和尚的身上。猪八戒的态度很反常,每次孙悟空揭穿妖怪的骗人把戏,他都站出来为妖怪辩护。这就如同一桩连环杀人案,猪八戒担当了为无辜受害人辩护的角色。不过,他一味针对孙悟空的动机很可疑。即使被打死的不是妖怪,他像沙和尚一样保持沉默就算了,为什么非要与孙悟空作对?

这只能说,他在借此发泄对孙悟空的不满,甚至对其大师兄的地位进行挑战。在这个故事中,猪八戒对食色的欲望,表现得一览无余。"那八戒见他生得俊俏,呆子就动了凡心,……满心欢喜,急抽身就跑了个猪颠风,……他不容分说,一嘴把个罐子拱倒,就要动口。"看着眼前的美女和美食,顷刻之间都毁于孙悟空的棍下,猪八戒在不满之余,以为无辜被害之人辩护的方式,表达自己对孙悟空草菅人命、欲盖弥彰行为的愤慨,要为被诬陷为妖的好人平反。而唐僧为何会听信猪八戒的话?

　　在唐僧的印象中,孙悟空有一举打杀六个强盗的先例。尽管孙悟空出手的目的是为了保护他,但他认为那样做是防卫过当。而且,孙悟空从没有为自己打死人的事情认过错。于是他心中对孙悟空有了偏见,加上后来弄丢袈裟、偷人参果的事,让他对孙悟空的不满越发强烈。而在这次事件中,孙悟空不听劝告,连续打杀三个人,专断独行,完全不把他这个师父放在眼里,实在是超出了他忍耐的限度。我们看他是怎么说的:"有甚话说!出家人时时常要方便,念念不离善心,扫地恐伤蝼蚁命,爱惜飞蛾纱罩灯。你怎么步步行凶!打死这个无故平人,取将经来何用?你回去罢!"唐僧从道德层面,说明孙悟空的行为是恶的;从法制的层面指出,他会连累自己。孙悟空打杀妖怪,保护唐僧,动机是好的,只不过方法实在欠佳。他的想法是:"不打杀他,他一时间抄空儿把师父捞了去,却不又费心劳力去救他?还打的是!就一棍子打杀他,师父念起那咒,常言道:'虎毒不吃儿。'凭着我巧言花语,嘴伶舌便,哄他一哄,好道也罢了。"如果没有猪八戒的挑唆,唐僧不会偏听偏信,将孙悟空赶走。白骨精的骗术并不高明,唐僧中了圈套,原因在于取经队伍内部的不睦与矛盾。

二

　　唐僧对孙悟空缺乏信任,猪八戒对孙悟空心怀不满,沙和尚对孙悟空漠不关心。这导致孙悟空在取经队伍中,处于孤立无援的境地。如果他先让白骨精露出本来面目,就不会被唐僧误解。可是他采取的偏偏是先斩后奏,事后证明的方式。这难免会给唐僧留下他目空一切、专断独行的感觉。不过,唐僧显然也对孙悟空在团队中的作用认识不够。当孙悟空说自己走后,他手下无人时,唐僧回道:"这泼猴越发无礼! 看起来,只你是人,那悟能、悟净就不是人?"在孙悟空听来,难免会有鸟尽弓藏、兔死狗烹的感觉。孙悟空临行前吩咐沙和尚,在遇见妖怪时提自己的名号,可是沙和尚却没有任何反应。他对孙悟空的冷漠,可见一斑。

白骨精的目的,本来是为了吃唐僧肉。她的骗术被孙悟空识破,不但没能长生不老,连命都丢了。所有的骗子,最后的下场也都会像她一样,逃脱不了正义的制裁。白骨精的作案特点在于,她能够伪装成善良之人,用感情来欺骗人。而且她还能够引经据典,随机应变。在白骨精变作少妇与唐僧的对话之中,也有许多破绽,唐僧作为一个修行人,开始并没有被她的温情所骗,坚决不吃她的食物。可唐僧的弱点很快被她知晓,就是不愿伤生。因此她后来变作老妪和老汉,故意让孙悟空打死,借此离间他们师徒。从这方面来说她成功了,不过代价是惨重的。猪八戒沉溺色相,唐僧执着皮相,都不能认识真相。常言道"耳听为虚,眼见为实",其实眼见的也并非都是实相。很多骗子,都是装作孤儿、孕妇、残疾人、老年人等,利用人的善心,编造感人的悲惨故事来骗人的。在他们貌似善良可怜的外表下,却隐藏着骗人、坑人、害人的罪恶目的,实在是令人防不胜防。但是我们又不能不防。不过,再狡猾、再会伪装的骗子,总会露出破绽。仔细观察、冷静分析,就能用我们的"火眼金睛"识破骗局。

唐僧偏听偏信,赶走了孙悟空,他的麻烦很快就来了。在黑松林的故事中,猪八戒表现出志大才疏、好大喜功的一面。没有了孙悟空,连化斋这样的小事,师徒三人都搞不定。猪八戒这时才深切地感到:"诚所谓'当家才知柴米价,养子方晓父娘恩'。"碗子山的黄袍怪与白骨精相比,不但本领更大,而且更加善于伪装,深藏不露。他的洞府远远看去,是一座金光闪闪的宝塔。让唐僧、猪八戒和沙和尚先后自投罗网。要不是唐僧遇见百花羞公主,这次恐怕真的在劫难逃了。黄袍怪是一个喜欢风月的妖怪,不爱江山爱美人。公主一句话,就让他放了唐僧。唐僧倒也知恩图报,将公主的家书带给宝象国国王。国王得知女儿十三年前失踪的真相,想要派兵将公主救回来。可是他与满朝文武,皆是昏君庸臣,没有一个敢去的。猪八戒和沙和尚自不量力,想在宝象国扬名立万。可是他们太高估自己了,没有护法诸神的帮助,两个加在一起也不是黄袍怪的对手。猪八戒在危急时刻弃沙和尚于不顾,自己藏在草窠里,毫无兄弟义气,导致沙和尚失手被擒。

三

沙和尚倒是颇讲义气,黄袍怪怀疑是公主让唐僧捎信给国王。猪八戒和沙和尚打上门来,他拉着公主与被俘的沙和尚对质。自从加入取经队伍之后,一直寡言少语的沙和尚,这时突然说了一大通慷慨激昂的话来,显得很有男子汉大丈夫的气概。在生死关头,他想到的不是自己的安危,而是公主对唐僧有恩,而唐僧对自己有恩。"分明是他有书去。——救了我师父,此是莫大之恩。我若一口说出,他就把公主杀了,此却不是恩将仇报?罢!罢!罢!想老沙跟我师父一场,也没寸功报效,今日已此被缚,就将此性命与师父报了恩罢。"这就是所谓的恩恩相报。公主因此得救,沙和尚也换来松绑。沙和尚虽然编了一套瞎话骗人,可是他的目的是为了救人。从修行上来说,这显然违反了出家人不打诳语的戒律。从这个情节来看,说谎虽然不好,但作为一种欺骗手段,只要目的是善意的,还是会产生好的效果。

但这并不是说骗人是对的。接下来，黄袍怪变作一个俊朗文人，以驸马的身份去朝见宝象国国王。国王与大臣被他的俊美外表所迷惑，竟然认为他是"济世之梁栋"，反而把唐僧认作是妖怪。黄袍怪说的是谎话，用的是骗术。国王和大臣不相信唐僧倒也罢了，居然将公主的亲笔信也忘在脑后。唐僧变虎的这一段故事，再次说明耳听为虚，眼见也不一定为实。这回唐僧不仅亲眼看到妖怪变化，而且亲身经历了如何被妖怪用障眼法诬陷。若不是有护法诸神保佑，早被有眼无珠的武将们打死了。黄袍怪轻易骗取宝象国君臣的信任。如果不是白龙马叫猪八戒请回孙悟空降妖，这一国的百姓不知要被妖怪祸害多久。

小白龙自从变成马后，一路驮着唐僧。虽不言语，却把一切事情都看在眼里。在取经队伍即将解散的危急时刻，他挺身而出，显示出对取经事业的忠诚。猪八戒多少被他感动，才决心到花果山去请孙悟空。"你倒这等尽心，我若不去，显得我不尽心了。"猪八戒身上的缺点很多，但他还是有大局观念的，到花果山用激将法将孙悟空请回。其实孙悟空人回到花果山，可是心还在取经路上，一听唐僧有难，立刻前去相救。在回花果山期间，他打死了猎杀群猴的猎户。这些猎户出发时耀武扬威，没想到却在顷刻之间丧命，他们的下场，是对侵略者的警示。"人亡马死怎归家？野鬼孤魂乱似麻。可怜抖擞英雄将，不辨贤愚血染沙。"孙悟空以暴制暴，为花果山的群猴解除了危机，可是手段实在过于残酷。他打死猎户后，不禁想起唐僧的话："千日行善，善犹不足。一日行恶，恶自有余。"

孙悟空回山做了妖怪，看起来逍遥自在，可心里却并不快乐。和在猪八戒离开花果山前，他做了一件具有仪式感的事情——下海洗澡，意味着他与妖怪的身份一刀两断。"我自从回来，这几日弄得身上有些妖精气了。师父是个爱干净的，恐怕嫌我。"孙悟空一出手，很快就降服了黄袍怪。原来黄袍怪并非一般的妖怪，而是天上的神仙。奎木狼因为与披香殿侍香玉女有私情，一起下凡。用他的话来说是"一饮一啄，莫非前定"。可是玉女下凡与他做了十三年夫妻，为何执意要回到父母身边？同样下凡，奎木狼被贬去给太上老君烧火，对公主为何不追究任何责任？事情的真相，很难说清。孙悟空降了妖怪，救回公主，解了唐僧身上的法术。这时唐僧知道自己错怪了孙悟空，见他不计前嫌来救自己，感激不尽。"贤徒，亏了你也！亏了你也！这一去，早诣西方，径回东土，奏唐王，你的功劳第一。"

在黑松林和宝象国的故事中，第一次出现擅离职守的天界神仙戓为妖怪。在这之后的西行路上，这类有神佛背景的妖怪还会大量出现，而且区为手中有法宝，都很难对付。宝象国是西行路上第一个西牛贺洲国家，从书中的描写来看，这是一个君昏臣庸的国家。满朝尽是"木雕成的武将，泥塑就的文官"。作者借妖怪认亲、唐僧变虎的故事，讽刺了世袭君王贵族的忠奸不辨、是非不分。文不能安邦，武不能定国。这样的王朝，只能任由黄袍怪这样外表似人才、其实为奸佞的皇亲国戚祸国殃民，荼毒百姓。取经队伍解除了宝象国的危难，也教育了国王和满朝文武。

第十二章

金钱魔障与权贵诱惑

一

　　孙悟空回归之后，师徒四人再次踏上西行之路。在前面等待他们的，是平顶山莲花洞中的妖怪。与黄袍怪一样，金角大王和银角大王也是从天上来的妖怪——他们本是太上老君手下两个看守丹炉的童子。与黄袍怪不同的是，他们没有坐等唐僧送上门来，而是画了影神图要捉他们，想吃唐僧肉的企图非常明显。金角大王对银角大王说："你不晓得，我当年出天界，尝闻得人言，唐僧乃金蝉长老临凡，十世修行的好人，一点元阳未泄，有人吃他肉，延寿长生哩。"银角回道："若是吃了他肉就可以延寿长生，我们打甚么坐，立甚么功，炼甚么龙与虎，配甚么雌与雄？只该吃他去了。等我去拿他来。"从两人的对话中，我们可以推知，吃唐僧肉能长生不老的谣言，是从天上传出来的，而且传布得很广。

　　唐僧是金蝉长老转世的事情，在他取经之前知道的人很少。可是一走上取经之路，这个隐藏的身份就曝光了。不过，黑熊精、黄风怪、白骨精、黄袍怪都不知道唐僧会来到他们的地盘，只是无意中遭遇到取经队伍。真正有明确目的，要阻止唐僧西行的妖怪，正是金角大王和银角大王。我们从后文得知，他们下凡为妖，是观音故意安排的，而最早知道唐僧是金蝉子转世的也是她。因此，吃唐僧肉可以长生不老的谣言，最有可能就是她放出去的。目的是为了设置磨难，考验唐僧师徒。太上老君说得明白："此乃海上菩萨问我借了三次，送他在此托化妖魔，看你师徒可有真心往西去也。"金角大王和银角大王有从天上带来的五件宝贝，还有老娘和母舅，比唐僧师徒之前遇见的妖怪要厉害得多。还未到山前，日值功曹便化作樵夫向唐僧师徒报信，让他们多加小心。孙悟空听说妖怪如何厉害，心中自然不服。等他真正遇到银角大王时，才发现对方的厉害之处。银角大王看见唐僧有孙悟空保护，知道用强不行，只得智取。他扮作跌伤的道人蒙骗唐僧，当然逃不过孙悟空的火眼金睛。有了白骨精那件事的教训，孙悟空为了不与唐僧产生冲突，没有直接出手将其打杀，而是暗中与之较劲。银角大王先后移来三座大山，将孙悟空压倒。将唐僧、猪八戒、沙和尚、白龙马和行李，一阵风拿入洞中。

孙悟空如果不逞能，也不会被泰山压顶。在三座大山之下，他"遇苦思三藏，逢灾念圣僧"。想到一路艰难险阻，不禁落泪。就是当年被压在五行山下，他也没有掉过一滴眼泪。可见他不是为了自己，而是为了唐僧而哭。孙悟空在这次考验中，明显表现出为了保护唐僧西行，毫不退缩的决心。面对神通广大的妖怪，他不禁发出："既生老孙，怎么又生此辈"的感叹。对于前所未有的挑战，他决定以其人之道还治其人之身。银角大王之所以能使唤山神、土地，让他们在洞里一日一个轮流当值，是因为他手中有宝贝。所谓的紫金红葫芦、羊脂玉净瓶、捆仙绳、七星剑等，象征着金钱和财富。财可通神，正是钱财的力量让鬼神为他们效力，将孙悟空压在山下。孙悟空被压，是因为他没钱。因此，要胜过对手，他必须要以交易的方式，赚取第一桶金，而身无分文的他，只能做没本的生意。当他变作老道人，哄骗两个小妖拿出宝贝给他看时，心中暗道："不好，不好！抢便抢去，只是坏了老孙的名头，这叫做白日抢夺了。"于是，他以假货换取真宝，以交易的方式，将金葫芦和玉净瓶骗到手。

二

孙悟空大费周章,到底做成了一次没有本钱的生意。两个小妖精细鬼和伶俐虫因何被骗?他们和孙悟空交易的出发点,是想占便宜。精打细算之下,他们认为以二换一,是自己赚了。在现实中,很多人被骗买假货、乱投资,都是因为有占便宜的侥幸心理。如果秉承公平交易的原则,就不会轻易上当受骗。大多上当受骗的人,皆为贪欲所蒙蔽。作者写孙悟空用假葫芦装天,小妖大惊道:"才说话时,只好向午,却怎么就黄昏了?"孙悟空答道:"天既装了,不辨时候,怎不黄昏!"小妖问道:"只见说话,更不见面目。师父,此间是什么去处?"孙悟空哄道:"不要动脚,此间乃是渤海岸上,若塌了脚,落下去啊,七八日还不得到底哩!"内心被贪欲所蒙蔽,就是在大白天面对面,也看不清骗子的真面目,而让自己陷入危险的境地之中。天上永远也不会掉馅饼,只会掉下圈套。世界上没有免费的面包,只有不能吃的画饼。

孙悟空离开,两个小妖才恍然大悟,回到洞中,向两个魔头回道:"我们也是妄想之心,养家之意:他的装天,我的装人,与他换了罢。"天大的便宜岂是好占的吗?妄想之心是要不得的。孙悟空做成第一笔无本的买卖后,赚到第一桶金。原始积累的过程并不光彩,但他总算是"脱贫"了。他有了两件宝贝之后,手里有了资本,又套取了第三件宝贝。为了不被妖怪看破,他逼不得已磕头下拜。男儿有泪不轻弹,只因未到伤心处。孙悟空之所以如此,还是为了唐僧。"为他使碎六叶连肝肺,用尽三毛七孔心。一卷经能值几何?今日却教我去拜此怪。若不跪拜,必定走了风汛。——苦啊!算来只为师父受困,故使我受辱于人!"孙悟空对唐僧的报恩之情、忠诚之心,日月可鉴。

有了三件宝贝，孙悟空信心大增。在与妖怪正面交锋时，使出捆仙绳，可是抢来的东西，到底不是他的。金葫芦和玉净瓶是靠欺诈得来的，捆仙绳是靠杀人越货得来的，这些靠不正当手段得来的财物是留不住的。孙悟空被捉后，三件宝贝物归原主。当他脱困盗宝，以为自己改名换姓，就不会被吸进葫芦里时，却没想到，只要应声，就会被装。很多骗子都有伪装的身份和姓名，但只能骗得一时，骗不了一世。真正的身份和姓名，会有大白于天下的时候。猪八戒说得好："先来的孙行者，次来的者行孙，后来的行者孙，反复三字，都是我师兄一人。"

孙悟空与妖怪斗智斗勇，救出唐僧、猪八戒、沙和尚。金角大王不甘心失败，与娘舅阿七大王带领残兵败将找孙悟空报仇。孙悟空在猪八戒、沙和尚的协助下，打败反扑的妖魔。金角大王宝贝尽失，一败涂地。他和银角大王代表那些有钱有势、为富不仁者，他们利用自己的优势地位，对弱者进行剥削和压榨。巡山的猪八戒是第一个遭殃的，他在取经路上不思进取、奸懒馋滑，在钱财面前毫无抵抗能力。就连孙悟空都被银角大王搬来的三座大山压倒，他怎么能不被绊倒？金角大王和银角大王抓住唐僧时，并没有想到孝敬母亲。只是需要宝贝时，才想到去请老母。这与那些贪图父母手中的财产，才去看望他们的子女们何其相似？金角大王和银角大王捉唐僧，精细鬼和伶俐虫换葫芦，都是贪心驱使，最后人财两空，这就是为富不仁者的下场。

故事最后，太上老君前来，说出妖怪手中宝贝的来历。原来他们也是偷来的，原主正是李老君。孙悟空手中的宝贝来路不正，只得物归原主。而李老君化作瞽者，在路旁扯住唐僧，张口就要宝贝，当真是见钱眼开。若不是为收回宝贝，只怕不会亲自从天上下来。孙悟空能够战胜金钱的魔力，是因为他对唐僧有情有义，对取经事业忠诚不二。观音设下此劫的真正目的，主要考验的就是孙悟空从花果山回来后，是否真的会一直追随唐僧取经。而这次，他通过了考验。

三

　　过了平顶山,师徒四人来到乌鸡国。这回故事的与众不同之处在于,不是妖怪要吃唐僧,而是孙悟空抱不平。金钱的考验刚过,接下来就是权力。乌鸡国的故事,从头到尾都是围绕权力来展开的。故事开头,唐僧见路难行,产生思乡之情。师徒们来到一座寺院前,唐僧怕徒弟们面相凶恶,吓到寺中僧人,自己先进去打招呼。他穿着朴素,被寺中僧官轻视,奚落了一顿后,被扫地出门——"敕建宝林寺"的门槛高得很。唐僧无奈,只得忍气吞声。孙悟空见唐僧受委屈,当然不会善罢甘休。他打破门扇,粉碎石狮,吓得僧官带领寺中僧人到庙门外去迎接唐僧,前后态度如同天壤之别。正如唐僧所说:"鬼也怕恶人哩!"僧官起初自以为有权有势,对唐僧趾高气扬。可是在神通了得的孙悟空面前,立刻变得低声下气。所谓权力,权由力来,谁有力量,谁就有权。唐僧这善长老用礼做不到的事情,孙悟空这恶和尚却用力做到了。如果不是唐僧自己先进去,就不会受气。

　　师徒四人在寺中安顿下来后,唐僧望月,思乡之情更浓,做了一首古风。孙悟空、猪八戒、沙和尚也各抒胸怀。唐僧夜里温习经文,却遇见鬼。此鬼来头不小,乃是乌鸡国的国王。因为当年被结义兄弟全真道士推下井中,有冤难伸,这才来见唐僧。身为一国之君,因何会被道士谋害,占了他的江山?乃是因为道士有神通:"能呼风唤雨,点石成金。"国王无能,才会被取而代之。而那妖怪:"他的神通广大,官吏情熟——都城隍常与他会酒,海龙王尽与他有亲,东岳天齐是他的好朋友,十代阎罗是他的异兄弟。"这个谋朝篡位的全真,原来是个手眼通天的权力之魔。国王阴魂不散,说到底是舍不得自己的江山。他找到唐僧,就是想让其帮助自己夺回失去的一切。从这个阴魂的身上,我们可以看到人对权力的渴望是多么地执着。

　　孙悟空听唐僧讲述遇鬼之事后,决定帮助国王除妖,他要做的是为死难者伸冤、丧权者复国的事情。自己变作一个小和尚,称为"立帝货"。当妖怪的真面目被识破时,对孙悟空说道:"孙行者,你好急懒!我来占别人的帝位,与你无干,你怎么来抱不平,泄漏我的机密!"这个妖怪没想吃唐僧,孙悟空却坏他的好事。对乌鸡国国王来说,唐僧师徒是路见不平,仗义相助,拨乱反正。可是,事情的真相如何呢?这个妖怪与之前取经团队遇见的大不相同。首先,他没想吃唐僧肉;其次,他不曾害人;最后,他是佛旨差来的。也就是说,这个妖怪并没有做过坏事,难怪他变作唐僧,连孙悟空的火眼金睛都看不出来。与妖怪相比,那个阴魂不散的国王,到底如何?据他见唐僧时自诉:"我这里五年前,天年干旱,草子不生,民皆饥死,甚是伤情。"唐僧听完,立即想到原因:"古人云:'国正天心顺。'想必是你不慈恤万民,既遭荒歉,怎么就躲离城郭?且去开了仓库,赈济黎民;悔过前非,重兴今善,放赦了那枉法冤人。自然天心和合,雨顺风调。"国王没有回应唐僧的话,而是转移话题。

　　乌鸡国遭灾的真正原因,在故事的最后被文殊菩萨揭晓:"当初这乌鸡国王,好善斋僧,佛差我来度他归西,早证金身罗汉。因是不可原身相见,变做一种凡僧,问他化些斋供。被吾几句言语相难,他不识我是个好人,把我一条绳捆了,送在那御水河中,浸了我三日三夜。多亏六甲金身救我归西,奏与如来,如来将此怪令到此处推他下井,浸他三年,以报吾三日水灾之恨。'一饮一啄,莫非前定'。今得汝等来此,成了功绩。"这个乌鸡国国王在向唐僧求助的时候,隐瞒了事情的真相。他只说了后果,却没提到前因;只想恢复自己的权力地位,而不去反省自己的过失。可以说,唐僧和孙悟空都被这个对权力死不放手的国王利用了。这个国王表面上好斋僧,被文殊用几句言语相难后,就把文殊用绳子捆了,浸入御水河中。俗话说,不看僧面看佛面,这国王对文殊的态度,与僧官对唐僧的态度,简直如出一辙。他们仗着自己有权在手,对那些地位低下之人,全无怜悯好善之心。一旦他们失去权力,或是遇到更强者,态度就会立刻改变。

四

没有恢复王位之前,乌鸡国国王老实地替猪八戒挑担子,猪八戒也不客气。"那呆子就弄玄虚,将行李分开,就问寺中取条扁担,轻些的自己挑了,重些的教那皇帝挑着。"当孙悟空说:"陛下,着你那般打扮,挑着担子,跟我们走走,可亏你么?"那国王慌忙跪下道:"师父,你是我重生父母一般,莫说挑担,情愿执鞭坠镫,伏侍老爷,同行上西天去也。"世间有没有公平,与掌权者是否能公正地使用权力有关。作者通过乌鸡国的故事说明,不管是你官员,还是皇帝,都不要以为大权在握,就可以随意地轻视、欺压别人。你欺负别人,就会反过来被欺负,乌鸡国国王就是一个例子。他浸了文殊三天,被妖怪推入井中三年。这就是善恶有报,天理昭彰。作者借唐僧之口,对此加以总结:"国正天心顺。"

这回故事的寓意在于,警戒有权势者要秉公行事,不要仗势欺人。起死回生的国王,在唐僧师徒的帮助下夺回王位。经过这次教训,他认识到除了性命之外,其他都是身外之物。为了感谢唐僧师徒的救命之恩,要让出自己的王位。"我已死三年,今蒙师父救我回生,怎么又敢妄自称尊?请那一位师父为君,我情愿领妻子城外为民足矣。"这国王有感恩之心,已将权力看淡。唐僧面对王位,丝毫不为所动,"一心只是要拜佛求经"。唐僧在金钱、美色、权力面前不受诱惑,是因为他心中有超越世俗的神圣追求。他虽然胆小懦弱,可是为了责任和使命,却敢于以生命冒险。正是具有这样的担当和献身精神,才有资格成为取经团队的领导人物。

猪八戒在这回的故事中,表现出对唐僧的不满来。当唐僧在夜间叫徒弟时,他醒来抱怨道:"什么土地土地?当时我做好汉,专一吃人度日,受用腥膻,其实快活,偏你出家,教我们保护你跑路!原说只做和尚,如今拿做奴才,日间挑包袱牵马,夜间提尿瓶务脚!这早晚不睡,又叫徒弟作甚?"他跟从唐僧取经,是出于投机心理,嫌自己在团队中的地位不高,不愿干活受累。"这等说,他只挑四十里路,我老猪还是长工。"现在有很多人抱怨自己的工资待遇不高,生活条件一般,对别人身居要职心怀不清,可是每个职位都不是容易做的。猪八戒没有唐僧的德行,缺少孙悟空的能力,在黄袍怪的故事中,表明他不能取代孙悟空的位置。孙悟空的一席话,说出身居高位者的不易:"黄昏不睡,五鼓不眠,听有边报,心神不安;见有灾荒,忧愁无奈。"孙悟空曾在花果山为王,对此深有体会。缺德少才的乌鸡国国王,身居王位,没有治国安邦的能力,让百姓生活在水深火热之中,不是落得个被人篡位身死的下场吗?如果一个人没有高尚的德行和足够的能力,而身居高位大权在握,于人于己都是无益有害的。在接下来红孩儿的故事中,我们将会看到,以霸道来取利有多么可怕。

第十三章

占山为王与据水称霸

一

　　师徒四人离了乌鸡国，来到六百里号山。山中的妖王穷凶极恶，见唐僧被几个徒弟护得紧，于是想到用计捉长老。"但哄得他心迷惑，待我在善内生机，断然拿了。且下去戏他一戏。"红孩儿的苦肉计，并不比白骨精和银角大王高明。唐僧并没有吸取前两次的教训，但孙悟空的做法显然已有所改变。他不便当着唐僧的面打杀妖怪，而是暗中与之较劲。红孩儿的话有太多漏洞，唐僧不能识破，并非只是肉眼凡胎的问题。而是他的慈悲心理，容易受到情感蒙蔽。在前文中，当乌鸡国国王说起被害的遭遇时，他立刻想到自己的身世。很多骗子之所以能得逞，不仅在外表上会装可怜，还能编造悲惨的身世和不幸的遭遇。红孩儿变作一个七岁幼童，说自己被吊在树上三天三夜。按理说，这样一个小孩，早就饿昏过去了，可他不仅精神十足，而且说话头头是道。

　　有些骗子也一样，总能说出一套滚瓜烂熟的瞎话。更有甚者，还会用粉笔在路边写出来。红孩儿的谎话是捏造的，却透露出一些真实的信息。"我祖公公姓红，只因广积金银，家私巨万，混名唤做红百万。年老归世已久，家产遗与我父。近来人事奢侈，家私渐废，改名唤做红十万，专一结交四路豪杰，将金银借放，希图利息。怎知那无籍之人，设骗了去呵，本利无归。我父发了洪誓,分文不借。那借金银人,身贫无计,结成凶党,明火执杖,白日杀上我门,将我财帛尽情劫掳,把我父亲杀了;见我母亲有些颜色,拐将去做什么压寨夫人。"妖怪说他遭难,是因为借贷而起,听起来大有"穷生奸计、富长良心"的意味。事实上,红孩儿正是占山为王,独霸一方的土豪,他作为黑帮的头目,干的就会放债取利等不法勾当。

从后文可知,作为土豪恶霸,他除了放债之外,还经常打砸抢。尤其无法无天的是,他已经欺压到乡绅地主的头上。"那行者打了一会,打出一伙穷神来,都披一片,挂一片,裙无裆,裤无口的,……我等是十里一山神,十里一土地,共该三十名山神,三十名土地。"这个红孩儿敢胡作非为,是因为他有强大的家族背景。"说起他来,或者大圣也知道。他是牛魔王的儿子,罗刹女养的。他曾在火焰山修行了三百年,炼成三昧真火,却是神通广大。牛魔王使他来镇守号山,乳名叫做红孩儿,号叫做圣婴大王。"

牛魔王是《西游记》中势力最强大的妖魔之一,与那些有神佛背景的妖魔不同,他是西牛贺洲土生土长的魔王。当年孙悟空与其他六大魔王结拜,为首的就是牛魔王。可以说,他就是各路土豪的总瓢把子。就连大闹天宫的孙悟空,也得叫他一声大哥。红孩儿有这样一位老爹撑腰,所以才敢为所欲为,他来到号山,就是牛魔王委派的。以牛魔王和红孩儿为代表的土豪势力,在号山称王称霸、目无王法,残酷剥削压榨周围百姓,闹得民不聊生。"只有得一个妖精,把我们头也摩光了,弄得我们少香没纸,血食全无,一个个衣不充身,食不充口,还吃得有多少妖精哩!"

就连红孩儿手下的小混混,也经常干敲诈勒索的事情。"那洞里有一个魔王,神通广大,常常的把我们山神、土地拿了去,烧火顶门,黑夜与他提铃喝号。小妖儿又讨什么常例钱。"这就是在变相收取"保护费"。"正是没钱与他,只得捉几个山獐、野鹿,早晚间打点群精;若是没物相送,就要来拆庙宇,剥衣裳,搅得我等不得安生!"孙悟空经过调查,终于得知妖怪的底细。想到当年与牛魔王的结义之情,妄想以攀亲的方式解决问题。说到这里,我们先回顾一下他和牛魔王之间的关系,是否真的亲如兄弟。在孙悟空大闹天宫和压在五行山下时,也就是他最需要帮助的时候,牛魔王和其他几个结义兄弟并未出现。可见他们之间是有福可同享,有难不能当的酒肉朋友。面对孙悟空的乐观,沙和尚却不以为然,他的话很有道理:"哥呵,常言道'三年不上门,当亲也不亲'哩。你与他相别五六百年,又不曾往还杯酒,又没有个节礼相邀,他那里与你认甚么亲耶?"

<h1 style="text-align:center">二</h1>

孙悟空没把沙和尚的话放在心上。在他心中,对所谓的哥们义气、江湖情意存有幻想。见了红孩儿,孙悟空兴冲冲地说起他当年和牛魔王的交情,自作多情地以为红孩儿会给他这个长辈面子。但所谓长江后浪推前浪,红孩儿见利忘义,根本不管父辈间的交情,向孙悟空喷出无情的烈火。红孩儿作为"黑二代",穷凶极恶、冷酷无情,他不仅能从口鼻喷出烟火,还有五辆车助阵,烧得孙悟空和猪八戒大败而归。经由猪八戒提醒,孙悟空找来四海龙王,试图以水灭火,但红孩儿的三昧真火不怕雨淋。书中写道:"那雨淙淙大小,莫能止息那妖精的火势。原来龙王私雨,只好泼得凡火,妖精的三昧真火,如何泼得?好一似火上浇油,越泼越灼。这三昧真火是红孩儿的利欲熏心之火,又岂是雨水能熄灭的?"孙悟空差点儿被烧死,无奈之下,只得请观音帮忙。

红孩儿在半路上将猪八戒骗入洞中,孙悟空变作牛魔王去洞中救唐僧和猪八戒,却被红孩儿识破。孙悟空的变化没有问题,只是他的言语露出马脚。"我近来年老,你母亲常劝我作些善事。我想无甚作善,且持些斋戒。"坏人变老之后,因为害怕因果报应而吃斋念佛,以求心安理得也是有的。不过知父莫若子,红孩儿的想法,一语道破这种心安理得的不切实际:

"我父王平日吃人为生,今活够有一千馀岁,怎么如今又吃起斋来了? 想当初作恶多端,这三四日斋戒,那里就积得过来?"红孩儿作恶多端,是跟他老子学的,根本不相信牛魔王真的会弃恶从善。孙悟空妄图以江湖义气来劝说红孩儿,最后白费了一场力气,还差点儿搭上性命。这说明对于像红孩儿这种冷酷无情、利欲熏心之徒,只能采取以暴制暴的强硬手段。对付黑恶势力,来不得一点儿心慈手软。孙悟空受到教训之后,亲自去南海请观音。

观音听到红孩儿变作自己骗人,不禁怒火中烧。观音的怒,是出于义愤。当邪恶猖獗,必须有人站出来主持正义。观音终于出手了,她派徒弟惠岸向托塔天王借天罡刀,这是天庭维护正义的利器。孙悟空将红孩儿引到观音面前,红孩儿狂妄自大,以为观音被吓跑,坐上他留下来的莲台。天罡刀显形,妖怪这时才惊觉,自己正坐在刀尖之上。其实那些以暴力欺压别人的恶者,过的都是在刀尖上行走的日子。正义和法律的制裁,随时都会临到他们头上。对于穷凶极恶的土豪恶霸,观音给予严厉的制裁。"那木叉按下云头,将降魔杵如筑墙一般,筑了有千百馀下。那妖精,穿通两腿刀尖出,血淋成汪皮肉开。"红孩儿像所有施暴的恶人一样,在严厉的打击下不得不伏法。只是他并没有从心里认错,当观音撤去天罡刀,红孩儿刚好了伤疤,立刻就忘了疼。观音知道红孩儿恶性难改,将金箍儿套在他身上,用金箍咒来长期管制他。对于生长在罪恶环境中的少年犯,需要送进专门的学校,进行针对性的教育。"这妖精已是降了,却只是野心不定,等我教他一步一拜,只拜到落伽山,方才收法。"红孩儿在观音的管教下,开始走上正路,重新做人。"那妖精早归了正果,五十三参,参拜观音。"

对于像红孩儿这样的未成年罪犯,即使行为恶劣,也要给他们重新接受教育的机会。观音的做法看似十分严厉,却让红孩儿得以弃恶从善,成为善财童子,从只会敲诈勒索的土豪恶霸,成为乐善好施之人。在对红孩儿进行抓捕的行动中,观音未免伤及无辜,预先吩咐山神、土地说:"你与我把这团围打扫干净，要三百里远近地方，不许一个生灵在地。将那窝中小兽，窟内雏虫，都送在巅峰之上安生。"作为一个执法者，观音充分地做到了惩恶和扬善并行。在打击犯罪分子的时候，尽量把对周围环境的破坏降到最低，这让孙悟空学到了重要的一课。他自叹不如道："果然是一个大慈大悲的菩萨！若老孙有此法力，将瓶儿望山一倒，管甚么禽兽蛇虫哩！"唐僧的妇人之仁经常被坏人利用，孙悟空在除暴安良时会做得过火，两人都应该向观音学习。

三

师徒四人过了六百里号山，为当地百姓扫除了土豪恶霸，又向西行了一个多月，被一条大河所阻。这条河的特别之处在于，"层层浓浪翻乌潦，叠叠浑波卷黑油。近观不照人身影，远望难寻树木形。滚滚一地墨，滔滔千里灰。"猪八戒说这条河像泼了靛缸，沙和尚说这条河如同洗笔砚，大家都觉得这条河难过。这时河上出现一条小船，孙悟空看出撑船的不正气，却没有阻止唐僧和猪八戒上船。因为这一点儿疏忽，两人被妖怪抓去。看来车不能随便搭，船不能随意上。在不知对方底细的情况下，不要轻易搭乘交通工具。这黑水河中的妖怪，也是早听说唐僧会来，故意骗他上船的。沙和尚下到水中向妖怪要人，妖怪态度嚣张，沙和尚力不能胜，只得返回岸上。正在悟空和沙和尚讨论妖怪的底细时，黑水河神出现，告知他们妖怪的真正身份。原来他是泾河龙王的小儿子。

泾河龙王因为触犯天条，被判了死罪。但他的儿子们却都身居要职，西海龙王道："第一个小黄龙，见居淮渎；第二个小骊龙，见住济渎；第三个青背龙，占了江渎；第四个赤髯龙，镇守河渎；第五个徒劳龙，与佛祖司钟；第六个稳兽龙，与神宫镇脊；第七个敬仲龙，与玉帝守擎天华表；第八个蜃龙,在大家兄处,砥据太岳。此乃第九个鼍龙,因年幼无甚执事,自旧年才着他居黑水河养性,待成名,别迁调用,谁知他不遵吾旨,冲撞大圣也。"四海龙族本是一家,妖怪与他们沾亲带故,不仅和几个哥哥分别掌管江河湖海,更有甚者,还在玉帝和佛祖面前当职,难怪他敢霸占黑水河神府。红孩儿作为土豪恶霸鱼肉乡里,欺压的不过是些地主乡绅。这个小鼍龙则更加胆大包天,竟敢侵占地方府衙,为非作歹。

他这样做难道就没人管吗?看看黑水河神是怎么说的:"我却没奈何,径往海内告他。原来西海龙王是他的母舅,不准我的状子,教我让与他住。我欲启奏上天,奈何神微职小,不能得见玉帝。"黑水河神的顶头上司,正是小鼍龙的舅舅西海龙王。作为一方封疆大吏,直接将案子压下。这黑水河之所以靛黑如墨,是因为敖氏家族一手遮天。豪门巨族,势力庞大。像黑水河神这样的地方小吏,根本无处申冤。按照西海龙王的说法,他是想让小鼍龙在黑水河先锻炼锻炼,然后再别迁调用。作为"官二代"的小鼍龙,就这样名正言顺地占了地方官府,称霸一方。如果不是也妄想要吃唐僧肉,恐怕不知道要占据河神府到什么时候。

孙悟空在到西海龙宫前,截获了小鼍龙给舅舅的请帖。龙王见孙悟空有罪证在手,吓得魂飞魄散。西天取经是如来立项,观音负责,唐僧师徒执行,诸天神佛协办的重大项目。西海龙王身为封疆大吏,也不敢加以阻挠。见到把柄握在孙悟空的手中,立刻表示要将小鼍龙捉拿归案。孙悟空在对付红孩儿时,曾请四海龙王帮过忙,这时卖一个人情给他。自己不用费事就可以解决问题,又何乐而不为呢?

西海龙王明哲保身,立刻派太子摩昂去抓小鼍龙。摩昂太子见到表弟,向他要人。小鼍龙不知大祸临头,拒不交出唐僧。摩昂说得明白:"他又在我海内遇着你的差人,夺了请帖,径入水晶宫,拿捏我父子们有'结连妖邪,抢夺人口'之罪。"摩昂为了表明态度,只得大义灭亲,将小鼍龙擒拿,交给孙悟空发落。如果照孙悟空以前的脾气,早就一棒将其打死。而这时的他已懂得人情世故,知道凡事不能做得太绝。"兄弟,且饶他死罪罢,看敖闰贤父子之情。"正所谓得饶人处且饶人,小鼍龙没有吃掉唐僧,属于犯罪未遂,孙悟空也就网开一面。摩昂嘴上说:"虽大圣饶了他死罪,家父决不饶他活罪,定有发落处置,仍回复大圣谢罪。"后来孙悟空再也没有追究过,此事就这样不了了之。

孙悟空对小鼍龙的处理方式,与观音对红孩儿的处理方式,有相似的一面,都对犯罪作恶的未成年人网开一面。让他们改过自新,接受再教育。又有不同的一面,观音将红孩儿带走,亲自进行管教。这是因为红孩儿如果回到牛魔王身边,不仅不会反省,反而会变本加厉。他必须脱离罪恶的环境,才能得到正面的教育。而小鼍龙则不同,西海龙王是神不是魔,他对小鼍龙只是纵容,并非教唆。在孙悟空找上门来问罪时,龙王立刻承认错误,并采取行动纠正错误。相信经过这次事件之后,他应该会认真反省,对小鼍龙严加管束。

正是因为龙王认错态度诚恳,孙悟空才卖给他一个人情。这一回的故事,讲的是情与法的关系。法不容情与法外施恩,需要看具体情形而定。青少年犯罪,家长是有责任的。牛魔王怂恿红孩儿、西海龙王纵容小鼍龙,是他们走上歪路的重要原因。所以,身为长辈要以身作则,给后辈树立正确的榜样,不然迟早会害人害己。西海龙王及时纠正错误,才没有被举家牵连,是他的明智之处。

第十四章

勇斗妖仙与铲除邪神

一

　　师徒四人渡过黑水河，来到车迟国，这是一个崇道贬佛的国家。师徒们一进城，就发现一大群和尚在两个道士的监督下做苦工。孙悟空变作一个游方道士，打听情况。原来是二十年前国中大旱，和尚与道士一同求雨。"谁知那和尚不中用，空念空经，不能济事。后来我师父一到，唤雨呼风，拔济了万民涂炭。却才发恼了朝廷，说那和尚无用，拆了他的山门，毁了他的佛像，追了他的度牒，不放他回乡，御赐与我们家做活，就当小厮一般。我家里烧火的也是他，扫地的也是他，顶门的也是他。因为后边还有住房，未曾完备，着这和尚来拽砖瓦，拖木植，起盖房宇。"从故事的表面来看，无非就是佛道相争。胜利的一方被尊崇，失败的一方被贬抑。但其实不然，书中特意写道："正都在倒悬捱命之处，忽然天降下三个仙长来，俯救生灵。"也就是说，并非是本土的道士比和尚更胜一筹。而是三个来历不明的所谓大仙，以神通法术博得了国王的信任。

　　孙悟空从僧人们的话中，渐渐得知了真相："他会炼砂干汞 打坐存神，点水为油，点石成金。如今兴盖三清观宇，对天地昼夜看经忏悔，祈君王万年不老，所以就把君心惑动了。"这三个大仙，利用君王希望长生不老的心理，将其迷惑。其实，所谓的虎力大仙、鹿力大仙、羊力大仙，并非真正的神仙,而是妖怪。这三个妖怪打着道士的幌子,用一些旁门左道之术,轻易地控制了国王。他们代表的是那些利用人们的迷信心理,到处招摇撞骗的"大师"。这样的大骗子、大忽悠,从古到今层出不穷。他们的身份和学历都是假的,将中国民间的占卜、风水、星象、气功等杂糅在一起,通过一些灵异的表演,披着宗教的外衣,以算命养生等名义行骗。不仅一些普通民众,甚至很多明星、官员,也都被其迷惑,倾家荡产、声名扫地。这是一种可悲的社会现象,而很多人会上当受骗,是因为封建迷信思想在中国民间社会的影响根深蒂固,科学普及工作尚待加强。这些所谓的大仙,利用人们想延年益寿的心理投其所好,以传授所谓的养生保健之法,来诱使其上当。这个故事中的车迟国国王,自己深受其害,还不自知。

孙悟空探明车迟国崇道灭僧的原因后,立即采取行动,到三清观中进行深入摸底。他会同猪八戒、沙和尚,在观中扮作道教的三清,将三个所谓大仙戏耍了一番。国王因为执着于长生不老,被三个妖怪玩弄于股掌之间。而这三个妖怪也因为有同样的痴心妄想,被孙悟空耍得团团转。国王将三个妖怪当神仙崇拜,三个妖怪将泥塑木雕当作祖师崇拜,同样愚昧透顶。他们一心想延年益寿,长生不老,却对和尚们进行残酷的欺压和虐待。"老爷,有死的。到处捉来与本处和尚,也共有二千馀众,到此熬不得苦楚,受不得燫煎,忍不得寒冷,服不得水土,死了有六七百,自尽了有七八百,只有我这五百个不得死。"他们将自己的生命看得宝贵无比,却将别人的生命看作草芥。任何正统的宗教,都提倡仁爱和平,与人为善。虎力大仙、鹿力大仙、羊力大仙供奉的虽然是道教的三清,但却并非是正统的道教信徒,他们不过是借用道教的幌子,掩人耳目罢了。

二

被孙悟空戏耍之后,三个妖怪恼羞成怒,他们试图以赌斗的方式,对唐僧师徒进行报复。在双方斗法的过程中,虎力大仙、鹿力大仙、羊力大仙使用各种方法作弊。在第一场求雨比赛中,虎力大仙明明失败却不承认,而是厚颜无耻地抢功道:"我三坛发了文书,烧了符檄,击了令牌,那龙王谁敢不来? 想是别方召请,风、云、雷、雨……五司俱不在,一闻我令,随赶而来,适遇着我下他上,一时撞着这个机会,所以就雨。从根算来,还是我请的龙下的雨,怎么算作他的功果?"由此可知,二十年前他求雨成功,也必有蹊跷。直到孙悟空叫龙王现身,他才哑口无言。按照先前约定,唐僧师徒求雨成功,便要放他们西行。可是妖怪们心中不服,非要继续比斗。如果说在求雨的比斗中,双方还是各显其能,公平竞赛的话。那么在坐禅的比斗中,三个妖怪就开始采用卑劣的手段了。鹿力大仙暗中作弊,被孙悟空发现,于是以其人之道还治其人之身,帮助唐僧取胜。在接下来的几番比斗中,孙悟空每次都显出技高一筹。国王虽然偏向三个妖怪,要帮他们置唐僧师徒于死地,但最后他们还是一败涂地,正如书中所言:"点金炼汞成何济,唤雨呼风总是空!"

虎力大仙、鹿力大仙、羊力大仙的旁门左道之术,大多是一些障眼法、花架子,只能迷惑一些不学无术,见识不多的人。他们的雕虫小技,遇到真才实学,立刻就显得黯然失色。孙悟空在比斗中,不仅显示出过硬的本领,同时揭穿了几个"大师"的真面目——他们并非真正的神仙,而是妖怪。民间的大忽悠、大骗子,可能会在一些秘密场所,利用特殊的环境,制造令人迷惑的假象。可是一旦在大庭广众之下,他们的伪知识、假学术就会被揭穿。孙悟空对大仙们的骗术进行了当众揭秘,使他们的真实身分在大众面前曝光。不过,国王长期受大仙们的蒙骗,一时还难以接受真相。孙悟空对他当头棒喝道:"他本是成精的山兽,同心到此害你,因见气数还旺,不敢下手。若再过二年,你气数衰败,他就害了你性命,把你江山一股儿尽属他了。"所谓的"大仙"和"大师"们,表面上看起来可以别让人改命换运,延年益寿,实际上干的却是谋财害命的勾当。很多练了他们的功法、吃了他们的灵药之人,都被骗得倾家荡产,甚至一命呜呼。大仙们只不过是骗财骗色而已,而邪教组织危害社会,其所作所为更加令人发指。因此,反对迷信、提倡科学,任重而道远。只有人民大众的思想觉悟、科学水平提高了,才能有效地抵御各种迷信,不被"大仙"们忽悠欺骗。

唐僧师徒灭了妖邪,孙悟空告诫国王道:"望你把三教归一:也敬僧,也敬道,也养育人才,我保你江山永固。"孙悟空提出三教合一的思想,这与当初须菩提祖师的教学理念如出一辙。虎力大仙、鹿力大仙、羊力大仙的旁门左道,在三星洞的教学内容中都有提到,可是孙悟空都不肯学。菩提祖师见他一心求道,才将真才实学教给他。虎力大仙、鹿力大仙、羊力大仙不学无术,成为江湖骗子,当然会败给孙悟空这个真正的高才生。

三

唐僧师徒四人离开车迟国后,又被八百里通天河所阻。这里是车迟国的边界,他们到河边的陈家庄借宿,正巧这家在举行法事。孙悟空、猪八戒、沙和尚面貌丑陋,吓跑了正在念经作法的和尚,还嘻嘻哈哈大笑。唐僧嗔怪他们道:"这泼物,十分不善!我朝朝教诲,日日叮咛。古人云:'不教而善,非圣而何!教而后善,非贤而何!教亦不善,非愚而何!'汝等这般撒泼,诚为至下至愚之类!"陈家为他们准备了斋饭,唐僧问起做法事的缘由,才知道这庄上有妖怪害人。

据陈家老者所说,这个灵感大王,每年都要吃童男童女,今年轮到他们家。本来这陈家的子嗣得来不易,两兄弟年过五十,修桥补路,建寺立塔,布施斋僧,求神拜佛,才各自得到一个儿女。可是才长到七八岁,就要献给灵感大王。西行路上吃人的妖怪无数,而专门吃童男童女,要人家断子绝孙的,就只有灵感大王。更加邪恶的是"只要亲生儿女,他方受用"。既然这个妖怪的要求如此惨无人道,为何庄上人还要听从他呢?"他一顿吃了,保我们风调雨顺;若不祭赛,就来降祸生灾。"以人祭神,尤其是以亲生儿女献祭,是非常古老野蛮的偶像崇拜方式,为正统宗教信仰所不容。陈家庄的人也明白,这个所谓的灵感大王,"虽则恩多还有怨,纵然慈惠却伤人。只因要吃童男女,不是昭彰正直神"。但是迫于其淫威,谁也不敢违抗。灵感大王代表的是邪神,祭赛是淫祀。

正是因为车迟国常年被虎力大仙、鹿力大仙、羊力大仙控制,上梁不正下梁歪,地方上出现了邪教,也不足为奇。灵感大王是邪教的头目,他利用百姓的愚昧迷信,以降祸生灾来威胁,迫使百姓以人祭的方式来满足其变态的要求。邪教害人,采取的无非是威逼和利诱。正因为车迟国迷信盛行,正统宗教被打压,邪教势力才会如此猖獗。陈家庄只不过是车迟国民间社会的一个缩影,说到底还是被虎力大仙、鹿力大仙、羊力大仙所害。孙悟空消灭了三个妖怪,佛教信徒的合法地位得到恢复。但是和尚们除了帮陈家做法事之外,也做不了其他事情。

唐僧师徒的到来,让陈家庄的百姓摆脱了邪教的控制。百姓们之所以被迫献人祭,是因为对邪教头目的恐惧。孙悟空和猪八戒变作童男童女,代替陈关保和一秤金去祭赛。一贯胆小怕事的唐僧,这次居然主动让徒弟们去降妖,而且把这件事说得颇为轻松:"'常言救人一命,胜造七级浮屠'。一则感谢厚情,二来当积阴德,况凉夜无事,你兄弟耍耍去来。"在车迟国斗法之中,唐僧曾亲眼目睹孙悟空的神通,因此对他的捉妖能力极有信心。灵感大王来到庙中,见童男对答如流,一点儿也不怕他,他倒害怕起来。作恶者遇到敢于反抗他的人,也会心虚胆怯,这就是所谓的邪不胜正。孙悟空没怎么动手,猪八戒就把妖怪打跑了。邪教分子最常用的手段,就是制造神秘气氛,让人心中产生恐惧,一旦把戏被揭穿,并没有什么可怕之处。灵感大王出门不带兵器,就是料定陈家庄人不敢违抗他。唐僧师徒的到来,让他的罪恶行径难以继续下去。

四

听说灵感大王被打跑，"二老十分欢喜"。唐僧师徒也被暂时的胜利冲昏了头脑。此时，西行之路他们已走了一半。"东土大唐到我这里，有五万四千里路。""自别后，今已七八个年头。"这时的唐僧已有些心浮气躁，急功近利。他见通天河上结冰，不听人劝阻，执意要从冰上过河。看到妖怪假变的客商在冰面上往来行走，他不禁感叹道："世间事惟名利最重。似他为利的舍死忘生，我弟子奉旨全忠，也只是为名，与他能差几何！"唐僧在取经之路走到半途时，看重名利，忘记初心，铤而走险的结果，如猪八戒所说："不叫做三藏了，改名叫做'陈到底'也。"孙悟空也放松了警惕。"二老又再三央求，行者用指尖儿捻了一小块，约有四五钱重，递与唐僧道：'师父，也只当些衬钱，莫教空负二老之意。'"显然破坏了以前分文不取的原则。

孙悟空大意，妖怪变作行人，他显然没有用火眼金睛去看。猪八戒倒是细心，可没能阻止唐僧被妖怪捉去。在这一回中，孙悟空在救唐僧时，不免有些懈怠："不瞒贤弟说，若是山里妖精，全不用你们费力；水中之事，我去不得。就是下海行江，我须要捻着避水诀，或者变化什么鱼蟹之形才去得。若是那般捻诀，却轮不得铁棒，使不得神通，打不得妖怪。"在流沙河和黑水河边，他也说过相似的话。不过，他当初可是赤手空拳，到东海龙宫里索要过兵器和披挂的。面对他的托词，沙和尚以散伙相威胁，孙悟空这才打起精神来。

在这回的故事中，作者指出打击邪教势力，不能半途而废，必须斩草除根。如果灵感大王不是要吃唐僧肉，在通天河上布下陷阱，迫使孙悟空不得不与他死战到底。那么以他为首的邪教势力，在取经团队离开后，将会重新掌控陈家庄，后果不堪设想。如果孙悟空一开始就对灵感大王穷追猛打，彻底铲除，唐僧就不会被捉。孙悟空和猪八戒、沙和尚回到陈家庄时，对此进行了反省。"等我弟兄寻着那厮，救出师父，索性剪草除根，替你一庄人除了后患，庶几永远得安生也。"因为一时被胜利冲昏头脑，放松警惕，对邪恶势力没有进行彻底消灭，差点让取经事业半途而废。灵感大王打不过三人，闭门不出——邪教势力遭到打击，一般会采取暂时蛰伏，等待时机的策略，一旦打击他们的风头过去，就会死灰复燃。

孙悟空已下定决心，要消灭这股危害乡民的邪教势力。为救唐僧，他再次去请观音帮忙。观音随孙悟空来到通天河上，念了七八遍颂子，将灵感大王捉获，其余小妖全被咒死。在孙悟空的请求下，观音向陈家庄的男女老幼显现。灵感大王本是观音莲花池里养大的金鱼，每日浮头听经。他对佛经有一定了解，就如同虎力大仙、鹿力大仙、羊力大仙对道教法术有一定了解。旁门左道和异端邪教，都从正统的宗教中借用理论资源，肆意改造，用似是而非的歪理邪说制造迷信。只有对正统宗教信仰有清楚的认识，才会识破邪教的伪善面目。陈家庄人画下观音的影神，为他们日后辨别正统宗教和异端邪教，留下了重要的图像资料。除掉了邪教的祭赛之风，师徒四人在白鼋的帮助下渡河。临别之时，老鼋拜托唐僧到雷音寺时，代其向佛祖求问何时能够修成人身。唐僧随口答应，却并未放在心上，为日后多生一难埋下伏笔。事虽小，承诺却重，答应人家的事情，一定要记得兑现。

第十五章

陷入圈套与误饮河水

一

师徒四人过了通天河后,西行路上又遇到一座大山。他们正在饥寒交迫之时,远远望见山凹中有楼台房舍。唐僧以为是庵观寺院,庄户人家,想前去化些斋饭。孙悟空却发现那地方有凶恶之气,向唐僧道:"师父呵,你那里知道?西方路上多有妖怪邪魔,善能点化庄宅。不拘什么楼台房舍,馆阁亭宇,俱能指化了哄人。你知道'龙生九种',内有一种名'蜃',蜃气放出,就如楼阁浅池。若遇大江昏迷,蜃现此势,倘有鸟鹊飞腾,定来歇翅,那怕你上万论千,尽被他一气吞之。此意害人最重,那壁厢气色凶恶,断不可入。"他在地上画了一个圈儿,请唐僧坐在中间,让猪八戒和沙和尚侍立两边。把马和行李都放在近身,对唐僧道:"老孙画的这圈,强似那铜墙铁壁,凭他什么虎豹狼虫,妖魔鬼怪,俱莫敢近。但只不许你们走出圈外,只在中间稳坐,保你无虞;但若出了圈儿,定遭毒手。"

孙悟空知道唐僧总是急着赶路,没有坐性,在去化斋前千叮万嘱。然后一直南行千里之途,来到一户人家前。这家的老者说饭还没煮熟,让孙悟空去到别处化斋。孙悟空却赖着不走,"捻着诀,使个隐身遁法,径走入厨中看处,果然那锅里气腾腾的,煮了半锅干饭。就把钵盂往里一椏,满满的椏了一钵盂。"这种行为跟偷抢没有分别。孙悟空在五庄观犯过同样的错误,引起了一场大麻烦。难怪老者看见他就说:"你且休化斋,你走错路了。"唐僧师徒西行取经,做的是启蒙人心、造福众生的崇高事业。孙悟空为了自己人吃饱,夺人家口里的食,实在是有违取经大义,人家打他,他却嬉皮笑脸,吓得这一家人以为见鬼了。

孙悟空做错了事,走错了路。就在他与人家赖皮的时候,唐僧却在猪八戒的撺掇下,和沙和尚一起离开孙悟空画的圈子来到楼台之前。他们不听孙悟空的话,走出保护圈,难免会陷入危险之中。猪八戒走进大宅中,果然见了鬼。看到象牙床上的骸骨,不禁潸然泪下。感叹道:"那代那朝元帅体,何邦何国大将军。当时豪杰争强胜,今日凄凉露骨筋。不见妻儿来侍奉,那逢士卒把香焚?谩观这等真堪叹,可惜兴亡霸业人。"猪八戒曾为天蓬元帅,见到武将出身之人落得无人收尸的凄凉下场,不免有兔死狐悲之感。正如诗中所讲,为了所谓霸业发动战争的野心家,看似一时意气风发,可最后还不是马革裹尸,万事皆休。猪八戒进了阴森鬼宅,看见三件纳锦背心,以为是无主之物,就带了出来。他以为自己得了便宜,拿给唐僧穿。唐僧当即拒绝道:"不可,不可! 律云:'公取窃取皆为盗。'倘或有人知觉,赶上我们,到了当官,断然是一个窃盗之罪。还不送进去与他搭在原处! 我们在此避风坐一坐,等悟空来时走路,出家人不要这等爱小。"

猪八戒利欲熏心,强言狡辩道:"四顾无人,虽鸡犬亦不知之,但只我们知道,谁人告我? 有何证见? 就如拾到的一般,那里论什么公取窃取也!"他的意思是,反正也没人看见,就是拿了也不算犯法。这是一种侥幸的心理表现。唐僧教训他说:"虽是人不知之,天何盖焉! 玄帝垂训云:'暗室亏心,神目如电。'趁早送去还他,莫爱非礼之物。"唐僧从良知出发,认为不应该做亏心事。猪八戒不听劝诫,沙和尚也不加阻拦,反而和他沆瀣一气,两人各自穿了一件。可没想到,这一穿,就入了"套"。师徒三人被妖怪拿入洞中。将钱包等物放在偏僻的路上,等人拾取后便立刻上前敲诈勒索,是骗子惯用的伎俩。青牛精擅长此道,这次钓上了唐僧这条大鱼。

应该说,唐僧这次被捉,是被两个不争气的徒弟给连累的,没有能力约束徒弟的行为,不能及时制止他们犯错,唐僧责无旁贷。但究其原因,还是他们不听孙悟空的劝告,走出了保护圈。纪律和规矩既是约束人的,也是保护人的。坏了规矩、违反纪律,就会受到相应的惩罚。

二

猪八戒被捉住后,想以孙悟空的名头来吓唬妖怪。妖怪仗着自己有理,并不害怕。见孙悟空打上门来,他说道:"我在山路边点化一座仙庄,你师父潜入里面,心爱情欲,将我三领纳锦绵装背心儿偷穿在身,见有赃证,故此我才拿他。"虽然青牛精有钓鱼执法之嫌,可毕竟人赃俱获。孙悟空讲理不过,只有大打出手。这次他遇上了对手,论武艺不分胜负。青牛精的宝贝却厉害得很,孙悟空把金箍棒变作千百条,却被一下子套走。手中没了兵器,孙悟空到天上去搬救兵。这次他见到玉帝一反常态,毕恭毕敬,连葛仙翁都说他前倨后恭。原因很简单,他没有了强大的武器,见人矮三分。恃强逞能不过一时,做人还是谦虚的好。李天王、哪吒、火德星君、水伯先后下界帮助孙悟空降妖,却都奈何不了青牛精的圈子。在几番打斗之后,他们的武器法宝都被套走。

孙悟空一方由于不占理,采取各种攻势都无效,尤其是水攻,没有打败妖怪,反而因此"水漫四野,曛了民田"。这场"无义"之战,由"利益"而起,连番争战,各有损伤不说,而且殃及平民百姓,可是说是三件背心引发的血战。青牛精像人类历史上那些穷兵黩武的战争狂人一样,他想发动战争之前,总是会布下圈套,制造借口。一旦别人不小心中计,他便会以讨回公道的名义发动攻势。青牛精手中的金钢琢,刀枪难损、水火不侵,能够将一切武力攻击消弭化解,就是因为它代表了一个理,可以说是得理不饶人。

唐僧师徒理亏在先，怎么说都不能强词夺理。孙悟空想偷金钢琢，青牛精却宝不离身，他抱住这个死理不放。孙悟空无奈，只得去找如来。如来派出十八罗汉，想用金丹砂陷住妖怪。如来本想以赔款的方式息事宁人，可是仍然达不到效果。最后，如来告知孙悟空，妖怪的主人是太上老君。青牛精的金钢琢是偷的，他所占的理是别人偷他的东西，而他被证明是盗贼，这下没有了理——青牛精偷盗在先，诱人犯罪。真相大白之后，青牛精被带走拘留。不管是谁理亏，都会被占理的人牵着鼻子走。唐僧师徒这次劫难，原因在于他们不守规矩，随意拿取人家的衣服饭食。这次唐僧受到教训："早知不出圈痕，那有此杀身之害。"世上有很多法律规范 道德准则，为的是让人们行事有度，无愧良心。孙悟空说："只因你不信我的圈子，却教你受别人的圈子。多少苦楚，可叹！可叹！"不占小便宜，就不会吃大亏。

三

师徒四人西行之中，途经最奇特的国度，就是女儿国。女儿国之所以只有女人还能继续繁衍生息下去，是因为有一道神奇的河流，也就是子母河。当唐僧和猪八戒误喝了子母河的水后，连叫腹痛，沙和尚以为他们是喝了冷水所致，于是到附近人家讨热汤喝。这一家的老婆子们幸灾乐祸，孙悟空大怒，这时其中一个说出实情："我这里乃是西梁女国。我们这一国尽是女人，更无男子，故此见了你们欢喜。你师父吃的那水不好了，那条河唤做子母河，我那国王城外，还有一座迎阳馆驿，驿门外有一个照胎泉。我这里人，但得年登二十岁以上，方敢去吃那河里水。吃水之后，便觉腹痛有胎。至三日之后，到那迎阳馆照胎水边照去。若照得有了双影，便就降生孩儿。"所谓一方水土养一方人，有了子母河，才有女儿国。也就是说，子母河是女儿国真正意义上的母亲河。河水具有单性繁殖,治疗不孕不育的强大功效。从唐僧和猪八戒喝了水就出现妊娠的反应来看,河水还具有快速受孕成胎的功能。而且,不受母体性别的限制,这种种功能加在一起,说明子母河水相当于一种特效繁殖药水,与当今的克隆技术有异曲同工之妙。女儿国就是一个由女性组成的"克隆人"国度。

这回的故事,含有科幻的成分。从唐僧师徒撑船渡过子母河,以及老婆子所说:"我一家儿四五口,都是有几岁年纪的,把那风月事尽皆休了,故此不肯伤你。若还到第二家,老小众大,那年小之人,那个肯放过你去!就要与你交合。假如不从,就要害你性命,把你们身上肉,都割了去做香袋儿哩。"的话来看,这国中是来过男子的,而且国中的女人对男子不仅不拒绝,反而非常渴慕。师徒四人进城时,满街的女人们都鼓掌欢笑道:"人种来了,人种来了。"这说明国中的女人们虽然在生育上不需要男人,但是她们都有正常的生理需求,甚至也有想靠男人传宗接代的想法。国王就有这种想法:"我国中自混沌开辟之时,累代帝王,更不曾见个男人至此。幸今唐王御弟下降,想是天赐来的。寡人以一国之富,愿招御弟为王,我愿为后,与他阴阳配合,生子生孙,永传帝业,却不是今日之喜兆也?"

当女王提出这个奇思妙想时,"众女官拜舞称扬,无不欢悦"。由此可见,女儿国的国民,是想改变她们这种阴盛阳衰状态的。从女王的话可知,历代帝王都不曾见个男人。那些越过边境的男人,一旦被发现,就被其他女人据为己有。正是唐僧师徒四人有神通法力在身,才能够来到迎阳驿,实属不易。大多数来到女儿国的男人,只要一跨过子母河,就会落入饥渴的女人们手中,如果不乖乖就范,就只有死路一条。这里的女人敢杀男人,而且能常年保持国家的独立自主,没有被邻邦侵略灭国,说明她们的军事实力相当强大。女儿国中实行母系社会建制,文明程度却不亚于周边各国。"你看那西梁国虽是妇女之邦,那銮舆不亚中华之盛。"除了没有男人,其他方面与别国并无不同。

孙悟空为了唐僧和猪八戒，到解阳山破儿洞中去取落胎泉。喝子母河水就会怀胎，这是女儿国人尽皆知的秘密。因此，误喝子母河水的，只有外来人。落胎泉中的水，也是一种特效药，奇货可居。牛魔王的弟弟如意真仙，垄断了特效泉水的独家经营权，如果想要泉水，只有高价购买。"但欲求水者，须要花红表礼，羊酒果盘，志诚奉献，只拜求得他一碗儿水哩。"

<h1 style="text-align:center">四</h1>

牛魔王家族势力庞大，在西行路上横跨多国，属于国际犯罪集团。如意真仙因为红孩儿的事情，不给孙悟空泉水。孙悟空认为他帮了红孩儿："如今令侄得了好处，现随着观音菩萨，做了善财童子。我等尚且不如，怎么反怪我也？"如意真仙却觉得孙悟空是害了红孩儿："我舍侄还是自在为王好，还是与人为奴好？"如果是大闹天宫时的孙悟空，一定会认为自在为王好。"皇帝轮流做，明年到我家。"这种所谓的自在为王，就是我要称王称霸，别人都得听我的。如意真仙强势霸占自然资源为自己牟利，西梁女国无力管辖，只能默认他占地为王。如意真仙遇到孙悟空，斗了两次之后被打倒在地。孙悟空虽然嫉恶如仇，却没有对他痛下杀手，因为他罪不至死。这说明孙悟空在唐僧的管教下，法治观念已有所加强，并且认只到教育的重要性。"老孙若肯拿出本事来打你，莫说你是一个甚么如意真仙，就是再有几个，也打死了。正是打死不如放生，且饶你教你活几年耳，以后再有取水者，切不可揹他。"

孙悟空在沙和尚的帮助下取回泉水，解决了唐僧和猪八戒的问题。老婆子将他们喝剩下的水讨去，作为稀缺药品收藏。子母河岸的女人，明知河水的秘密，却不提醒前来的陌生人。"身登西岸，长老教沙僧解开包，取几文钱钞与他。妇人更不争多寡，将缆拴在傍水的楼上，笑嘻嘻径入庄屋里去了。"专以看笑话为乐,实在不善。她们贪淫好乐,见财心喜,整个国中阴盛阳衰,缺乏阳刚正气。女王从没见过男人,看到唐僧,"不觉淫情汲汲,爱欲恣恣。"国中的其他女人也一样,只是把男人当作满足情欲,传宗接代的"人种"。如果唐僧不答应的话,很可能会落得成为香袋的下场。与试禅心相比,唐僧师徒这次的考验更大。那次是假的,这次是真的。"女王依言,携着长老,散了筵宴,上金銮宝殿,即让长老即位。"在美色和权力的诱惑面前,唐僧丝毫不为所动。正如书中所写:"女帝真情,指望和谐同到老;圣僧假意,牢藏情意养元神。一个喜见男身,恨不得白昼并头谐伉俪;一个怕逢女色,只思量即时脱网上雷音。"

孙悟空对于女王所赠的金银绫锦,一概不收。只有猪八戒将御米三升收了。在这次考验中,他的表现没有多大长进。"我师父乃久修得道的罗汉,决不爱你托国之富,也不爱你倾国之容,快些儿倒换关文,打发他往西去,留我在此招赘,如何?"见到女王之时,"忍不住口嘴流涎,心头撞鹿,一时间骨软筋麻,好便似雪狮子向火,不觉的都化去也。"所谓江山易改,本性难移。猪八戒没有从心里认同取经事业,一旦遇到俗世中的美色权贵,立刻便心生动摇。上次的教训,他早就忘了。孙悟空设计让唐僧脱离女王之手,又落入女妖的网罗。

蝎子精狡猾无比,她一路暗中跟随唐僧师徒。找准机会轻松地将唐僧捉入洞中。软硬兼施,就是无法动摇唐僧的决心。孙悟空和猪八戒两次与女妖打斗,都被她的独门秘技所伤。就连观音和如来也都奈何她不得。蝎子精是阴邪的化身,对付她需要阳刚之气。所谓一物降一物,在观音的指点下,孙悟空请来昴日星官,星官昂头叫了两声,蝎子精显形而死。

蝎子精是阴邪恶毒人格的代表,虽然她被消灭,可是女儿国的问题并没有得到解决。女儿国的阴盛阳衰,全国的女人得不到正常的情感和生理满足,因此产生扭曲和变态的欲望,以致做出杀人害命的事情来。而要从根本上解决问题,需要遵循两性结合的原则。掌握高超的遗传生物资源,并不一定会造福人群。如果利用不善,违反道德和伦理原则,贻害无穷。科技发展,一定要尊重自然规律,以造福人类为目的。如果偏离此道,后果不堪设想。唐僧和猪八戒喝了子母河水,就是在情况不明之时,滥用药物贻害自身的例子。

第十五章　陷入圈套与误饮河水

第十六章

战胜自我与解脱恩怨

一

在女儿国的故事中,有一个细节值得注意。就是在倒换关文的时候,女王发现上面没有孙悟空、猪八戒和沙和尚的名字。她问起此事,唐僧回道:"三个顽徒,不是我唐朝人物。……皆是途中收得,故此未注法名在牒。"女王以为唐僧要留在女儿国,由几个徒弟代为取经,因此添上三人名讳。西行之路已经走了一半,可是孙悟空、猪八戒、沙和尚却一直没有正式的编制,也就是说,他们都没有转正,还是临时工。要不是孙悟空出主意让唐僧假意与女王婚配,他和猪八戒、沙和尚都没有转正的机会。可是,即使转正了,也有可能被开除离队。在真假孙悟空的故事中,取经团队成员之间由来已久的矛盾,在路遇强盗时激化。事情的起因,是唐僧见前方有一座高山阻路,让孙悟空仔细提防妖怪。孙悟空回道:"师父放心,我等皈命投诚,怕甚妖怪!"师徒们经过多次艰难险阻之后,对取经事业信心大增,放松警惕。不仅唐僧加鞭催马,猪八戒和孙悟空也相继赶马。

白龙马一溜儿烟跑出二十里,正是春风得意马蹄疾。却想不到,直接跑到强盗面前。唐僧最初以为是碰到了妖怪,只叫:"大王饶命!"等看清前面是人,胆子就大了起来。竟然说道:"只是这世里做得好汉,那世里变畜生哩!"若是以前,他绝不敢这么说。因为心里有底,胆子才大。"你只说你的棍子,还不知我徒弟的棍子哩!"他这样想,就是有心让强盗们尝尝孙悟空的棍子。更过分的是,他还故意扯谎,让强盗们向孙悟空要钱子。孙悟空见师父被捆,问明缘由之后说道:"好!好!好!承你抬举,正是这样供。若肯一个月供得七八十遭,老孙越有买卖。"他说的有买卖,就是要分强盗打劫的金银,强盗闻言大怒,上前就打。孙悟空还击,将两个强盗的头儿打死。这件事是因唐僧而起,在他松绑之后,"那长老得了性命,跳上马,顾不得行者,操着鞭,一直跑回旧路。"不向前,反向后,这是一种倒退的表现。难怪孙悟空叫道:"走错路了。"猪八戒、沙和尚见他往回跑,急忙拦住:""师父往那里去? 错走路了。"唐僧为了自己尽快脱险,欺骗强盗在先,撇下行者在后,满心想的都是自己,缺乏责任和担当。直到被猪八戒和沙和尚拦住,才想到:"徒弟呵,趁早去与你师兄说,教他棍下留情,莫要打杀那些强盗。"这时才说这样的话,已经晚了。

唐僧听猪八戒说打死人了,居然还有心跟他说俏皮话,难怪猪八戒说他:"师父好没正经。"对这件事,他是有责任的,因为是他故意将孙悟空推到强盗面前,默许甚至希望孙悟空教训他们。可是出了事情,他不先检讨自己的错误,反而把责任推得一干二净,全都怪在孙悟空的头上。猪八戒这时不说句公道话,反而添油加醋道:"师父推了干净,他打时却也没有我们两个。"唐僧接着又说:"好汉告状,只告行者,也不干八戒、沙僧之事。"这句话表明在唐僧心中,他和猪八戒、沙和尚是一伙的。孙悟空听了,当然不满,直说他没情意。唐僧见孙悟空恼怒,又想息事宁人。"徒弟呀,我这祷祝是教你体好生之德,为良善之人;你怎么就认真起来?"孙悟空闻言更是不满:"师父,这不是好耍子的勾当,且和你赶早寻宿去。"整个团队之间的关系出现了裂痕。"孙大圣有不睦之心,八戒、沙僧亦有嫉妒之意,师徒都面是背非。"

二

在唐僧的心中，孙悟空本领大、不服管教，而且多次打杀人命，不符合一个修行者的要求。但是他却从未想过，如果不是为了保护他，孙悟空就不会开这些杀戒。其实，自从"白骨精事件"之后，孙悟空的法治观念已大为加强。在对付银角大王和红孩儿时，他都尽量等待对方的伪装暴露，才采取行动。不过事实证明，这样做的结果，是唐僧会因此被抓走，然后他再大费周章去救。西行路上的妖怪既狡猾又狠毒，非常善于伪装和欺骗。唐僧如果对孙悟空完全信任，就可以省去许多麻烦，少吃很多苦头。可是经过多次教训之后，他仍然执迷不悟。反而是孙悟空在女儿国时，对如意真仙手下留情，与之前相比进步很大。这次劫道的强盗有三十多人，孙悟空只打死了两个首恶，也算是手下留情，却被唐僧埋怨、受到委屈，心中当然不满。

师徒四人在杨家借宿时，再次遭遇强盗。孙悟空为了发泄心中的不满和怨气，故意在杀人后刺激唐僧，这是性格使然。唐僧只见孙悟空行凶杀人，却不想这是为了保护他，念起紧箍咒，再次赶行者走。孙悟空在西行路上立下汗马功劳，刚刚转正没有多久，就被领导开除。他见唐僧不肯回心转意，于是去找观音诉苦。这是一种明智的做法。观音听完孙悟空的陈述后，指出他的错误所在："唐三藏奉旨投西，一心要秉善为僧，决不轻伤性命。似你有无量神通，何苦打死许多草寇！草寇虽是不良，到底是个人身，不该打死，比那妖禽怪兽、鬼魅精魔不同。那个打死，是你的功绩；这人身打死，还是你的不仁。但祛退散，自然救了你师父，据我公论，还是你的不善。"不过她最清楚，如果没有孙悟空保护，唐僧寸步难行。黑松林遇黄袍怪，就是最好的例子。可是唐僧却没有认识到这一点。当孙悟空对他说：

"我是有处过日子的，只怕你无我去不得西天。"唐僧却说："无去得去不得，不干你事！"这说明唐僧对孙悟空成见太深，对他做事的方式难以认同。

孙悟空在识别妖怪方面可谓专家，有不亚于照妖镜的火眼金睛。可是唐僧身为取经团队的领导，却不听从专家的意见，反而经常被猪八戒这个夯货撺掇，做出错误的判断，使自己陷入危险之中。或许是因为孙悟空能力太强，不易管束，他才采取这种拉一派打一派的方式来牵制孙悟空。而沙和尚在取经团队中的地位最低，一般采取事不关己、明哲保身的态度。这样就使孙悟空陷入孤立的境地，受到排挤。在红孩儿的故事中，孙悟空就曾说道："因此上怪他每每不听我说，故我意懒心灰，说各人散了。"

取经路上，阻碍重重。孙悟空因为唐僧的掣肘，经常错失打击妖怪的良机，致使唐僧陷入险境。唐僧屡次不吸取教训，仍然以自己有限的经验看待问题，使孙悟空陷入进退两难的境地。或许，在孙悟空的心中，也曾闪现过自己组队去取经的念头。这个念头稍纵即逝，却被六耳猕猴捕捉到。他趁着孙悟空被唐僧赶走之时，乘虚而入，冒充孙悟空去骗唐僧。他说的却是孙悟空的心里话："无我你去不得西天也。"抡铁棒，砑长老，抢走包袱，口吐凶言："你这个狠心的泼秃，十分贱我！"也是孙悟空不满情绪的真实表达。

三

六耳猕猴跟孙悟空的形貌、声音、武功、神通、兵器等方面非常相似。最神奇的是就连头上的紧箍儿，似乎也是真的。也就是说，从外在来看，他们两个根本没有区别。六耳猕猴就是孙悟空的分裂人格，或者是他的潜意识化身。孙悟空在五行山下压了五百年，他高傲、任性、好胜的性格干没有改变,为了西行取经,他在唐僧面前委曲求全,将各种委屈、怨念都埋在心里。当唐僧忘恩负义,将他驱逐出取经队伍时,他所有的负面情绪和想法,就以六耳猕猴的形象表现出来。六耳猕猴就是孙悟空的心魔,他是魔性的孙悟空。他们之间的区别,在于孙悟空是神,而他是魔。

沙和尚听说行李被抢走,来到水帘洞。见到六耳猕猴的取经团队中也有个沙和尚,举杖将其打死。六耳猕猴将被沙和尚打死的猴精剥皮吃肉,足见他是真正的妖魔。沙和尚对孙悟空也缺乏信任,即使有观音作证,仍然不觉得水帘洞的孙悟空是假的。当孙悟空要先一步到水帘洞时,他却说:"大哥不必这等藏头露尾,先去安根。待小弟与你一同走。"这就是唐僧两次赶走孙悟空,他都一言不发的原因。在他心中,孙悟空或许还是当年大闹天宫的妖猴,取经成员之间的信任度其实是很低的。当两个孙悟空在唐僧面前分不出真假,又去找阎王时,唐僧想到的只是行李包袱,说出的话令人寒心:"你既知此门,你可趁他都不在家,先到他洞里取出包袱,我们往西天去罢。他就来,我也不用他了。"在唐僧看来,两个孙悟空是一样的,很可能是他在自导自演一场戏。唐僧屡次相信妖怪的虚情假意,却不相信孙悟空的赤胆忠心,如此下去,是取不到真经的。

当孙悟空被赶走后,唐僧和猪八戒、沙和尚去化斋饭时,老婆子说:"刚才一个食痨病黄胖和尚,他化斋去了,也说是东土往西天去的,怎么又有一起?"在故事开头,唐僧走错了路,他驱逐孙悟空,导致两个取经队伍出现。他和沙和尚都以为,没有孙悟空也能取到真经。但乌巢禅师已经言明:"多年老石猴,那里怀嗔怒。你问那相识,他知西去路。"在取经队伍中,孙悟空是领路人,只有他知道西行的正确方向。唐僧一离开孙悟空就走错路,在黑松林,他直接走到妖怪的门口;走出孙悟空的圈子,被青牛精设下的圈套捉住。这都说明孙悟空是取经队伍中不可或缺的主力。

在如来的帮助下,六耳猕猴现了形,被孙悟空一棒打死。表明他消灭了心魔和邪念。孙悟空理直气壮打死六耳猕猴,如来并没有怪罪,对于孙悟空的做法，他是认同的。"好生保护他去，那时功成归极乐，汝亦坐莲台。"有了如来的亲口承诺，孙悟空在取经队伍中的地位，才真正稳定下来。观音亲自送孙悟空回到唐僧身边："你今须是收留悟空，一路上魔障未消，须得他保护你，才得到灵山，见佛取经，再休嗔怪。"有了上级领导的明确批示，唐僧不敢不从。经过了这场劫难，唐僧师徒们"却都照旧合意同心，洗冤解怒。又谢了那村舍人家，整束行囊、马匹，找大路而西"。一个团队只有相互信任，彼此团结，才能事半功倍。

四

　　解决了团队内部的问题之后，师徒四人继续上路，这次阻挡在他们前方的是八百里火焰山。孙悟空听说要熄灭火焰山的火，需要铁扇仙手中的芭蕉扇。他来到翠云山，向樵夫打听详细情况时，才知道铁扇仙又叫铁扇公主，是大力牛魔王的妻子、红孩儿的母亲。按理说，红孩儿被观音带走管教，弃恶从善，改邪归正。有了正式公职和铁饭碗，是一件好事，但牛魔王一家却不这么想。铁扇公主认为"我那儿虽不伤命，再怎生得到我的跟前，几时能见一面？"她不想儿子有了好前程，只想着见面方便，虽然可以理解，但着实缺乏远见。铁扇公主迁怒于孙悟空，用剑在他头上砍了十多下之后，见其毫发无伤，于是拿出芭蕉扇将他扇到五万里外的小须弥山。灵吉菩萨将定风丹赠与孙悟空，铁扇公主再也扇他不动，于是闭门不出。孙悟空趁铁扇公主不注意，在她饮茶时进入其腹中，逼得铁扇公主不得不给他扇子。书中写道，火焰山离芭蕉洞有一千四百五六十里，附近居民为了布种收割，只得带着厚礼去求铁扇公主。本来她可以一次性地灭火，可是为了财源不断，竟让火焰山持续燃烧数百年，导致当地居民生活在水深火热之中。

　　牛魔王家族中的每一个人都贪财好利。而他自己更是为了万年狐王的百万家私,抛弃原配与小三厮混在一起;成天与万圣龙王等妖邪花天酒地,乐不思蜀。孙悟空想当然地认为,火焰山是牛魔王捣的鬼,以此来敲诈百姓。火焰山的土地向他道出真相:"此间原无这座山,因大圣五百年前,大闹天宫时被显圣擒了,押赴老君,将大圣安于八卦炉内煅炼,之后开鼎,被你蹬倒丹炉,落了几个砖来,内有馀火,到此处化为火焰山。我本是兜率宫守炉的道人,当被老君怪我失守,降下此间,就做了火焰山土地也。"原来真正的罪魁祸首就是孙悟空。大闹天宫时的孙悟空,无法无天、任意妄为,比之牛魔王有过之而无不及。他搅闹天庭大乱,自己被压在五行山下。花果山也被战火摧残,成为焦土。他当年闯下的祸,一直为害人间五百多年。书中写道:"牛王本是心猿变"。牛魔王与孙悟空曾经都是割据一方的土匪恶霸,孙悟空改邪归正之后,面对牛魔王就如同面对当年的自己。如果说六耳猕猴是孙悟空的心魔,牛魔王就是他的"昨日之我"。孙悟空在铁扇公主面前变成牛魔王,成功骗到芭蕉扇,说明他对牛魔王的做派十分了解。由于一时大意,又被牛魔王变作猪八戒骗回芭蕉扇。昔日的好兄弟反目成仇,大打出手。这回的故事,写的是一个人该如何面对昨日之种种恩怨情仇。

　　火焰山横亘在西行路上,如同一个人往日剪不断、理还乱的过去。如果不能妥善处理,就无法继续向前。对于孙悟空来说,他虽然已经改邪归正,却难忘与牛魔王的结义之情。而红孩儿事件,成为牛魔王夫妇怨恨他的直接原因。或许,孙悟空一开始就去找牛魔王,事情就不会变得像后来那么复杂。在借扇的过程中,孙悟空先后得罪铁扇公主和玉面公主,导致牛魔王对他的怨恨越来越深。正如他所说:"常言道:'朋友妻,不可欺;朋友妾,不可灭。'你既欺我妻,又灭我妾,多大无礼?"孙悟空惹了大哥的女人,他当然不会善罢甘休。孙悟空改邪归正以后,与牛魔王神魔殊途,立场各异,相互冲突在所难免。孙悟空幻想用旧日的结义之情来打动牛魔王,简直是痴心妄想。这时他真正的兄弟，是和他一起西行取经的猪八戒、沙和尚。孙悟空和猪八戒一直不和，但只是团队内部的小摩擦而已，经过真假美猴王的事件后，两人的关系比之以前有所缓和。兄弟同心，并肩作战，加上火焰山土地和阴兵相助，牛魔王渐渐不敌，从摩云洞逃回芭蕉洞。

玉面公主被孙悟空惊吓，跑到牛魔王身边撒泼，直说："泼魔害杀我也！"结果真的被她说中。牛魔王是江湖中的好汉，玉面狐狸想靠他护身养命，却反招来杀身之祸。她天真地以为自己傍上土豪恶霸，成为大哥的女人之后，就没有人敢惹她。可是像牛魔王这样的跨国犯罪集团首脑，总会有落入法网的一天。为了帮助唐僧师徒过火焰山，如来下决心铲除以牛魔王为首的地方邪恶势力。牛魔王跑回芭蕉洞，猪八戒打破洞门。铁扇公主见事情闹大，想献出扇子，息事宁人。牛魔王却说："夫人呵，物虽小而恨则深。你且坐着，等我再和他比并去来。"他咽不下这口气、放不下怨恨，最终却在神佛的围剿下服输。牛魔王落网伏法，完全是咎由自取。如果他不是顽抗到底，拒不交出芭蕉扇。玉帝和如来就不会联手采取行动，同时动用官方和民间的力量，将他绳之以法。铁扇公主见牛魔王被捉，不得不交出扇子。她同时交代了熄灭火焰山的方法，认罪态度良好，作为从犯，她没有受到追究，算是宽大处理。

牛魔王被送往佛地，进行教育。牛魔王一家先后伏法，由此走上弃恶从善之路。他们并没有天界的背景，作者写他们这样的结局，意在说明，对于罪大恶极的犯罪分子，既要采取以暴制暴的强硬手段，坚决打击，又要在其伏法认罪之后，给予一定的宽大处理，用教育感化的方式让他们重新做人。对孙悟空是这样，对牛魔王亦是如此。因为社会上的邪恶势力和犯罪分子层出不穷。不用强硬的暴力手段难以制止其犯罪行为，但以暴制暴只能治标，不能治本。最终还是要通过道德教化，让他们从内心中认识到自己的错误，改过迁善，重新做人。西行取经的终极目标，是通过真经劝人为善，改变大众"贪淫乐祸，多杀多争"的罪恶生活状态。因此，对待西行路上的妖魔,都是以教育为主、暴力为辅。真正死于孙悟空棍下的,都是些死不悔改的恶徒。可以再教育的,都会给予一线生机。不过,这是整体的大原则,少数例外还是有的。

　　孙悟空打败了牛魔王,熄灭了火焰山。对自己以前犯下的错误给予纠正,对往日的恩怨情仇做了了结。这是告别过去,继续向前的重要一步。在对待牛魔王和罗刹女的事情上,他能够先礼后兵,相对以前的他来说,有明显的改变和进步。

第十七章

扫塔平冤与斩除荆棘

一

走过火焰山后，师徒四人来到一座皇城。刚一进城，就发现几十个和尚，一个个披枷戴锁，沿门乞讨。孙悟空上前打听情况，和尚们带师徒四人来到"敕建护国金光寺"，说出事情的原委。"我这金光寺，自来宝塔上祥云笼罩，瑞霭高升；夜放霞光，万里有人曾见；昼喷彩气，四国无不同瞻。故此以为天府神京，四夷朝贡。只是三年之前，孟秋朔日，夜半子时，下了一场血雨。天明时，家家害怕，户户生悲。众公卿奏上国王，不知天公甚事见责。当时延请道士打醮，和尚看经，答天谢地。谁晓得我这寺里黄金宝塔污了，这两年外国不来朝贡。我王欲要征伐，众臣谏道我寺里僧人偷了塔上宝贝，所以无祥云瑞霭，外国不朝。昏君更不察理，那些赃官，将我僧众拿了去，千般拷打，万样追求。当时我这里有三辈和尚：前两辈已被拷打不过，死了；如今又捉我辈问罪枷锁。"祭赛国被邻国奉为上邦，是因为金光寺塔顶上有宝贝放光，凭借着祖辈上留下的历史光环，享受着天朝上国的殊荣。可是一场从天而降的血雨腥风，将历史的光环雨打风吹去，导致祭赛国失去重要的国际地位。

国王本想以武力让邻邦屈服，可是大臣们知道国力今非昔比，不敢贸然开启战端。于是诬陷金光寺的僧人盗宝，将国威尽失的责任推到他们身上。这个故事写的是封建君主专制的腐朽，以及由此而来的人治危害。唐僧听完和尚的话，感叹道："这桩事暗昧难明。一则是朝廷失政，二来是汝等有灾。"为解金光寺众僧之难，唐僧和孙悟空半夜去扫塔。孙悟空抓住两个妖怪，拿到唐僧面前。经过询问，得知事情真相。"因我万圣老龙生了一个女儿，就唤做万圣公主。那公主花容月貌，有二十分人才。招得一个驸马，唤做九头驸马，神通广大。前年与龙王来此，显大法力，下了一阵血雨，污了宝塔，偷了塔中的舍利子佛宝。公主又去大罗天上，灵虚殿前，偷了王母娘娘的九叶灵芝草，养在那潭底下，金光霞彩，昼夜光明。"事过两年，国王和大臣们没有做过调查，就一口咬定是金光寺僧人监守自盗。僧人们百口莫辩，在严刑拷打之下，死了一批又一批。真正的犯罪分子万圣公主和九头驸马却逍遥法外。

万圣龙王和牛魔王交好，牛魔王家族是山岭中的土豪，万圣龙族则是江河中的恶霸。不仅敢偷人间的舍利子，还敢盗天上的灵芝草。弄明白事情真相后，唐僧和孙悟空借到国王面前倒换关文的机会，为金光寺的僧人们平反。因为证据确凿，僧人们得到赦免。书中写道："再着当驾官看车盖，教锦衣卫好生伏侍圣僧去取妖贼来。那当驾官即备大轿一乘，黄伞一柄，锦衣卫点起校尉，将行者八抬八绰，大四声喝路，径至金光寺。"锦衣卫是明朝才有的特务组织，是封建君王为了维护专制统治而设立。因为只属于皇帝，他们可以不经正式施法程序，直接逮捕官吏和平民。在明朝的历史上，锦衣卫曾制造过无数的冤假错案。书中描写锦衣卫横行霸道，耀武扬威，对金光寺僧人"千般拷打，万样追求"。两辈僧人被活活打死，无疑是他们的"杰作"。

二

孙悟空抓住两个在塔里巡视的小妖，逼他们招供所用的手段，与锦衣卫并无区别。书中写道："二怪朝上跪下,颈内血淋淋的,更不知疼痛。"孙悟空坐上锦衣卫的轿子,来到金光寺。猪八戒揶揄地说:"你打着黄伞,抬着八人轿,却不是猴王之职分? 故说你得了本身。"祭赛国国王见案情有了进展,急忙大摆筵席。"这场筵席,只乐到午后方散。"唐僧想尽快破案,"国王不肯,一定请到建章宫,又吃了一席。"孙悟空和猪八戒擒获贼人,获取赃物回来。"那国王听说,连忙下殿,共唐僧,沙僧,迎着称谢神功不尽,随命排筵谢恩。"这国君臣,对于政事律案敷衍塞责,却好大喜功,耽于宴乐。当真是"文也不贤,武也不良,国君也不是有道"。

　　孙悟空与猪八戒消灭了碧波潭万圣龙族犯罪集团,夺回了被盗的国宝。在这个过程中,得到二郎神和梅山兄弟的帮助。九头驸马作为盗宝的主犯,本领高强,孙悟空和猪八戒联手都奈何不得他。正是二郎神亲领的特种部队出现,帮了他们的大忙。孙悟空和二郎神以前是对头,当年孙悟空起兵造反,天庭多次派兵攻打花果山,最后正是二郎神捉住了孙悟空,并且对花果山进行了大规模的清剿。按理说,孙悟空与二郎神之间,可不共戴天的血海深仇。他们之前最后一次见面,还在进行你死我活的厮杀。可是这次见到二郎神等路过,孙悟空却对猪八戒说道:"八戒,那是我七圣兄弟,倒好留请他们,与我助战。若得成功,倒是一场大机会也。"昔日的敌人,在他口中成了兄弟。这说明孙悟空在与牛魔王为代表的妖魔势力决裂之后,彻底否定了自己占山为王、揭竿造反的过去,正式以取经人的身份自居。二郎神承认和接纳了现在的孙悟空,与他化敌为友,梅山兄弟直呼:"孙悟空哥哥!"孙悟空与牛魔王称兄道弟,牛魔王并不买账,原因在于两人的身份立场已然不同。所谓道不同不相为谋。而二郎神见到孙悟空,第一句话就是:"大圣,你去脱大难,受戒沙门,刻日功完,高登莲座,可贺!可贺!"这是他对孙悟空新身份的认可。孙悟空称呼二郎神为兄长,说话文绉绉。"不敢。向蒙莫大之恩,未展斯须之报。"可谓一笑泯恩仇。二郎神也就顺水推舟,答应帮助孙悟空办案。

在二郎神的帮助下,九头驸马负伤而逃、龙女被打死、龙婆被活捉,赃物被缴,大获全胜。在对待龙婆的问题上,体现了孙悟空依法办事,注重证据的一面:"莫打死他。留个活的,好去国内见功。"这次消灭万圣龙王犯罪集团,孙悟空最大的收获,就是与二郎神化敌为友。孙悟空称二郎神为兄长,取代了牛魔王在他心中的地位。二郎神称他为"贤昆玉",梅山兄弟称他为"孙二哥"。孙悟空以取经人的身份,建立了崭新的人际关系网。

唐僧师徒平反了冤案,舍利再次得以在塔顶上放光。在孙悟空的建议下,"金光寺"改为"伏龙寺"。一次冤案得到平反,可是祭赛国君昏臣庸的现实并没有改变,依然是"一壁厢安排御宴"。唐僧师徒离开之后,如果九头驸马卷土重来,祭赛国只会陷入比以往更加不堪的境地。

三

取经之路充满艰辛,魔障重重。离开城市,师徒四人走入荒山野岭。罕有人迹的山路上布满荆棘,寸步难行。这时遇事一向退缩,好吃懒做的猪八戒,主动向前披荆斩棘。他对取经前途的信心不断增长,所以才肯多出力气。唐僧说:"徒弟呵,累了你也!我们就在此住过了今宵,待明日天光再走。"猪八戒道:"师父莫住,趁此天色晴明,我等有兴,连夜搂开路走他娘!"自从真假美猴王事件之后,猪八戒由懒惰变得勤奋,说明他对取经的重要性有了深刻的认识。能进入到取经队伍中,是千载难逢的机缘。

师徒们来到林中空地上的一座古庙前。孙悟空看出此地凶多吉少,不宜久留。这时两个冒充山神、土地的妖怪,使一阵阴风将唐僧掳走,他们是荆棘岭上的木精树怪。与那些想吃唐僧肉的妖怪相比,这些木精树怪更善于伪装。劲节十八公、孤直公、凌空子、拂云叟是松柏桧竹成精,他们装作隐居山林的高人雅士,与唐僧以文会友。让唐僧误以为其是秦汉时德高望重的商山四皓。四个木精树怪以"四操"自诩,声言与竹林七贤、竹溪六逸为友,借此来迷惑唐僧。唐僧被这些"隐君子"的风度文采所吸引,不自觉地和他们谈诗论道起来。这几个木精树怪所作的诗,多为孤芳自赏,故作清高之语,并未表现出多少真才实学。唐僧取真经是为了启蒙人心、造福众生,具有强烈的入世倾向和现实关怀,与在山林中追求逍遥自在、隐居避世根本是两条路。

他们表面上一口一个"圣僧",其实却对唐僧明褒暗贬。尤其是拂云叟的话,对取经事业给予全盘否定:"道也者,本安中国,反来求证西方。空费了草鞋,不知寻个甚么?"而唐僧听后,竟然"叩头拜谢"。他们初步瓦解了唐僧的雄心壮志后,又将他请入木仙庵中。唐僧开始不敢吃膏餳汤,后来见四老一起享用,才放下戒心。"那长老见此仙境,以为得意,情乐怀开,十分欢喜",竟然吟起诗来。木精树怪们与他唱和起来,不亦乐乎。唐僧心中挂念取经之事,不愿久留。妖怪们见时机已到,使出绝招,请出所谓的杏仙来诱惑唐僧。唐僧惊觉自己入了局,大声呵斥:"汝等皆是一类邪物,这般诱我!当时只以砥行之言,谈玄谈道可也;如今怎么以美人局来骗害贫僧!是何道理!"木精树怪们见自己的伪装被识破,索性摘下隐逸君子的面具,对他连拉带扯,出言恐吓:"你这和尚,我们好言好语,你不听从,若是我们发起村野之性,还把你摄了去,教你和尚不得做,老婆不得娶,却不枉为人一世也?"唐僧不为所动,表现出对取经事业的忠诚。"心如金石,坚执不从",战胜了考验。

孙悟空、猪八戒、沙和尚闻声赶到,木精树怪们隐身匿迹。唐僧向徒弟们述说自己的遭遇,孙悟空指出妖怪们的形迹。猪八戒抡起钉耙,将这些木精树怪全部铲除。唐僧见状于心不忍道:"悟能,不可伤了他!他虽成了气候,却不曾伤我。我等找路去罢。"孙悟空却道:"师父不可惜他,恐日后成了大怪,害人不浅也。"八百里荆棘岭人迹罕至,这些木精树怪又能害什么人?当孙悟空抓住碧波潭的龙婆时,还说"家无全犯",给予从轻发落,为何要将这些木精树怪斩草除根？因为这些妖怪代表了假道学、伪君子,他们以隐居山林的高人自居,整天谈诗论道,可是肚子里却满是男盗女娼的想法。当杏仙吟诗过后,四个妖怪不断地重复:"雨润红姿娇且嫩",将唐僧推入所谓花好月圆、红袖添香的温柔陷阱。多少有理想、有抱负的学人士子,都被这种附庸风雅的假道学、红袖添香的温柔乡所迷惑,沉溺其中,不能自拔,以致虚掷年华,一事无成。对于唐僧师徒四人来说,作为粗人的猪八戒,对于这种风雅之事毫无兴趣,因此由他将这些腐蚀取经人意志的妖怪铲除,也在情理之中。在这一回的故事中,猪八戒勇往直前,吃苦耐劳,进步很大。

第十八章

以假乱真与假公济私

一

师徒四人跋山涉水，冬去春来，这日"行过岭头，下西平处，忽见祥光蔼蔼，彩雾纷纷，有一所楼台殿阁"。孙悟空觉得好像是雷音寺。不过，外观很像，地点却不对。他们走到近前，才知道原来是小雷音寺。孙吾空警告唐僧不要进去，唐僧不听劝告。他和猪八戒、沙和尚一个下拜、一个磕头、一个跪倒，都被眼前的假象蒙蔽。结果上了妖怪的当，连累孙悟空也被一起捉住。小雷音寺中的妖王是黄眉怪，他有三件宝贝，即金铙、敲磬的槌儿和后天人种袋，皆为弥勒佛之物。黄眉怪则是弥勒佛的一个童子。他能捉住唐僧，是因为造假技术高明，几乎可以以假乱真。小雷音寺并非黄眉怪点化，而是实实在在的寺院，外观上与大雷音寺并无差别。黄眉怪想必跟随弥勒佛多次出入大雷音寺，所以能仿造得一模一样。

大雷音寺是唐僧师徒游学求经的目的地，在唐僧心中是佛学界的最高学府。因此看见小雷音寺时，觉得至少是大雷音寺的分校或加盟机构，猪八戒和沙和尚也对此深信不疑。他们从没有到过真正的雷音寺，被外观的庄严气派所震慑，心中充满了敬畏之情。黄眉怪正是利用他们学识不多、崇拜权威的心理，骗他们上当的。孙悟空发现了妖怪的骗局，黄眉怪却先发制人，将他困在金铙里，之后在二十八宿的帮助下，才得以脱困。黄眉怪手中有法宝,在能力与孙悟空相当的情况下,无疑占据优势。黄眉怪代表的是学术造假分子,他本是佛学界泰斗的学生。书中写道弥勒佛是:"极乐场中第一尊"。他跟随导师多年,耳濡目染之下,多少也有一些学问。取经是跨国学术交流的大事,他想借此出人头地,扬名立万。他当着孙悟空的面,直言不讳地说:"一向久知你往西去,有些手段,故此设像显能,诱你师父进来,要和你打个赌赛。如若斗得过我,饶你师徒,让汝等成个正果;如若不能,将汝等打死,等我去见如来取经,果正中华也。"明显是想取代唐僧取经,这点和六耳猕猴有些相似。但他的话中有假:"因我修行,得了正果,天赐与我的宝阁珍楼。"

黄眉童子趁导师外出研讨之机,拐了几件宝贝自立门户。镇元大仙当年参加元始天尊的高级讲习班,留下两个最小的徒弟清风、明月看家。与弥勒佛留下黄眉童子一样,是因为他们没有资格参会。黄眉怪想走捷径,假造佛祖身份,取代唐僧取经。孙悟空与黄眉怪战斗,是一场学术打假的活动。他被装在金铙里,开始找不到缝隙。说明黄眉怪有一套自己的理论体系,在这个体系的内部很难找到漏洞,必须从外部找出破绽。亢金龙的角,代表的是一种学术上的钻研精神。他找到一丝理论破绽,将孙悟空救了出去。

二

金铙被孙悟空从外部打破,可是黄眉怪还有两件宝贝,狼牙棒和人种袋。狼牙棒象征着笔,人种袋代表着口。黄眉怪用这两样一硬一软的武器,对孙悟空进行口诛笔伐。孙悟空招架不住,只得去请救兵。他先请的是武当山的荡魔天尊,这位祖师是道家学术泰斗级人物,他派自己的助理龟、蛇二将和五大神龙前去降妖。可是道和佛属于不同的思想文化体系,无法有效地攻击黄眉怪，因此失败。孙悟空又去请盱眙山的大圣国师王菩萨，这位泗州大圣是佛学界的大咖，派自己的得意门生小张太子去帮孙悟空。小张太子与黄眉怪虽然属于一个思想文化体系，可不是同一派别，仍然难以取胜。正如黄眉怪所说："那太子，你舍了国家，从那国师王菩萨，修的是甚么长生不老之术？只好收捕淮河水怪，却怎么听信孙行者讹谬之言，千山万水，来此纳命！看你可长生可不老也！"最后，还是弥勒佛亲自到来，帮助孙悟空设计擒住了黄眉怪。弥勒佛在指教孙悟空引黄眉怪上钩时，在他的手掌上写了一个"禁"字。黄眉怪的口袋之所以厉害，是因为他口若悬河、滔滔不绝，说的虽是歪理邪说，却自成体系，只要和他辩论，就会陷入他的逻辑怪圈之中。

弥勒佛让孙悟空"交战之时，许败不许胜"，不叫黄眉怪有开口的机会。孙悟空说道："儿子！你禁不得我两只手打！若是不使搭包子，再着三五个，也打不过老孙这一只手！"黄眉怪回道："也罢！也罢！我如今不使宝贝，只与你实打，比个雌雄。"黄眉怪中计，被弥勒佛带回去管教。学术造假，假冒专家骗人的勾当，在当今社会并不少见。一些犯罪分子善于以假乱真，他们经常打着世界顶级学府的幌子，假造教授和博导的身份，提出一套抄袭剽窃、东拼西凑的理论，欺骗那些学识不高，崇拜权威的人。他们把握了这些人不肯刻苦学习、努力钻研，又想取得高等学历和证书的心理，打着"本土留学""发表论文"等旗号，收取高额的课程培训费用、论文发表费用，招摇撞骗、中饱私囊。如果不是唐僧急于到大雷音寺，就不会误入小雷音寺，一字之差，上当受骗。故事结尾写道："师徒们却宽坐了半日，喂饱了白马，收拾行囊，至次早登程。临行时，放上一把火，将那些珍楼、宝座、高阁、讲堂，俱尽烧为灰烬。"假的真不了，即使造的再逼真，也会被拆穿销毁。

三

唐僧四众烧了小雷音寺,继续向大雷音寺进发。西行路上,被八百里七绝山所阻。这山中有一条稀柿衕。老者介绍说:"这山径过有八百里,满山尽是柿果。古云:'柿树有七绝:一益寿,二多阴,三无鸟巢,四无虫,五霜叶可玩,六嘉实,七枝叶肥大。'故名七绝山。我这敝处地阔人稀,那深山亘古无人走到。每年家熟烂柿子落在路上,将一条夹石衕衕,尽皆填满;又被雨露雪霜,经霉过夏,作成一路污秽。"按老者所说,柿树本有七绝,陀罗庄人拥有天然的土特产,本可借此发家致富。由于道路不通,人们无法充分利用天然资源,白白浪费不说,还污染了环境。更可怕的是,招来了妖怪。

孙悟空听说有妖怪,立刻应承说要为百姓除害。猪八戒和唐僧都怕惹祸上身,他却凛然不惧。"有个妖精,将人家牧放的牛马吃了,猪羊吃了,见鸡鹅囫囵咽,遇男女夹活吞。自从那次,这二年常来伤害。"在故事中,妖怪代表的是因环境污染而引发的自然灾害。"但这怪物还不会说话,想是还未归人道,阴气还重。"天快亮时,妖怪逃走,这时猪八戒才看清其真面目:"原来是这般一个长蛇!若要吃人啊,一顿也得五百个,还不饱足!"书中写到:"大不大,两边人不见东西;长不长,一座山跨占南北。"红鳞大蟒在孙悟空和猪八戒的追击之下,逃入洞窟之中。由此可见,这条蟒蛇是七绝山土生土长的怪物。它龙不像龙,蛇不像蛇,身影庞大,不能言语。并非修炼而成的妖怪,而是受稀柿衕环境污染,基因变异而成的。

孙悟空和猪八戒连追带赶,将怪蛇打死。陀罗庄的男女老幼见怪物已除,对唐僧师徒千恩万谢。稀柿衕道路堵塞,众人想另开一条路,让他们过七绝山。孙悟空坚持从稀柿衕过去,让猪八戒变作巨猪,拱开旧路。陀罗庄的百姓们知恩图报,为猪八戒准备饭食。往来百里之遥,不辞劳苦,连夜送饭。正是:千年稀柿今朝净,七绝衕衕此日开。在这一回的故事中,主要写唐僧师徒为民造福。陀罗庄的百姓,常年受环境污染的影响,又受基因变异怪物的祸害。孙悟空和猪八戒各显其能,为当地百姓解除了灾难。荆棘岭和稀柿衕,都属于西行路上的自然阻碍,如果没有猪八戒开路,取经团队很难通过。这说明猪八戒在队伍中虽然觉悟不高,毛病不少,却是不可或缺的。在遇到又脏又累的力气活时,他往往能发挥出自己的特长 为大伙解决问题。所谓金无足赤,人无完人。人有缺点并不可怕,可怕的是没有一技之长。唐僧师徒为陀罗庄的百姓们解决了积年的历史问题,如果他们日后想更好地发展,就要积极治理周边的环境。利用猪八戒为他们开通的山路,将土特产运出去,因地制宜,勤劳致富。

四

师徒四人一路向西,又来到朱紫国。他们住入专门接待外国宾客的会同馆中,可是馆使对他们却并不热情。唐僧面见国王倒换关文,孙悟空骗猪八戒上街揭了皇榜。唐僧听说此事,以为孙悟空又在胡闹。孙悟空故弄玄虚,为国王悬丝诊脉,药到病除。"诊此贵恙,是一个惊恐忧思,寻为双鸟失群之证。"国王称,病因还要从三年前说起:"三年前,正值端阳之节,朕与嫔后都在御花园海榴亭下解粽插艾,饮菖蒲雄黄酒,看斗龙舟。忽然一阵风至,半空中现出一个妖精,自称赛太岁,说他在麒麟山獬豸洞居住,洞中少个夫人,访得我金圣宫生得貌美姿娇,要做个夫人,教朕快旦送出。如若三声不献出来,就要先吃寡人,后吃众臣,将满城黎民,尽皆吃绝。那时节,朕却忧国忧民,无奈,将金圣宫推出海榴亭外,被那妖响一声摄将去了。寡人为此着了惊恐,把那粽子凝滞在内,况又昼夜忧思不息,所以成此苦疾三年。"

从后文可知,这个赛太岁是观音的坐骑金毛犼。按照观音的说法,这个妖怪是来给朱紫国王消灾的。"当时朱紫国先王在位之时,这个王还做东宫太子,未曾登基,他年幼间,极好射猎。他率领人马,纵放鹰犬,正来到落凤坡前,有西方佛母孔雀大明王菩萨所生二子,乃雌雄两个雀雏,停翅在山坡之下,被此王弓开处,射伤了雄孔雀,那雌孔雀也带箭归西。佛母忏悔以后,分付教他拆凤三年,身耽啾疾。那时节,我跨着这犼,同听此言。不期这孽畜留心,故来骗了皇后,与王消灾。至今三年,冤愆满足,幸你来救治王患,我特来收妖邪也。"这个故事的前因后果、来龙去脉,与乌鸡国的故事相似,却又有所不同。如果说青狮精在为文殊报仇时,只是把乌鸡国国王这个罪魁祸首推入井中,并没有伤害不相干的人,反而让那一国风调雨顺,是所谓的替天行道。那么赛太岁却是假公济私,他以为佛母的两个雀雏报仇为名,威胁国王、带走金圣宫娘娘并据为己有,只是紫阳真人赠与娘娘长满毒刺的霞衣,才未能近身。赛太岁却并未因此罢休,而是多次向国王索要宫女。这次他派来索要宫女的先锋被孙悟空打败后,临走前还放了一把火。

赛太岁恼羞成怒,竟然向朱紫国下战书。小妖有来有去念诵道:"我家大王,忒也心毒,三年前到朱紫国强夺了金圣皇后,一向无缘,未得沾身,只苦了要来的宫女顶缸。两个来弄杀了,四个来也弄杀了。前年要了,去年又要;今年还要,却撞个对头来了。那个要宫女的先锋被个甚么孙行者打败了,不发宫女。我大王因此发怒,要与他国争持,教我去下甚么战书。这一去,那国王不战则可,战必不利。我大王使烟火飞沙,那国王君臣百姓等,莫想一个得活。那时我等占了他的城池,大王称帝,我等称臣,虽然也有个大小官爵,只是天理难容也!"

朱紫国君臣面对赛太岁的威胁,根本不敢反抗。三年前,将金圣宫娘娘推给妖怪,后来又多次献出宫女。国王因为思念金圣宫一病不起,似乎对自己的爱妻情深义重。听说孙悟空会降妖，跪下说道："若救得朕后，朕愿领三宫九嫔，出城为民，将一国江山尽付神僧，让你为帝。"猪八戒闻言不禁笑道："这皇帝失了体统！怎么为老婆就不要江山，跪着和尚？"国王要美人不要江山，似乎痴情得很，与金圣宫分离，让他害了相思病，也是真的。可是，如果他真爱金圣宫的话，就不应该在生死关头把她推给妖怪。说到底，他对金圣宫的痴情眷恋，不过是对美色的垂涎。在他心中，美人比江山重要，却没有他自己的命重要。朱紫国君臣面对邪恶势力的无理要求，丝毫不敢反抗，牺牲金圣宫和宫女换取自身平安，没有丝毫的正气、骨气和勇气。

如果不是唐僧师徒到来，赛太岁只会得寸进尺，恐怕有一天真的会占了他的城池。对于金圣宫来说，"一片心，只忆着朱紫君王；一时间 恨不离天罗地网。诚然是：自古红颜多薄命，恹恹无语对东风！"朱紫国国王为太子时，射伤孔雀幼雏，本与金毛犼无关。赛太岁却强拆国王和金圣宫，霸占别人妻子、祸害宫女，罪大恶极。这类恶人经常以替天行道的名义，行邪恶无耻之事，而且贪得无厌，对他们越是屈服妥协，他们就越猖獗。不过，这些恃强凌弱、假公济私的恶人，终究会得到正义的惩罚。他们不知道"人生却莫把心欺，神鬼昭彰放过谁？善恶到头终有报，只争来早与来迟。"朱紫国国王为太子时，不怜惜幼小的雀雏，将之射伤。招来赛太岁这个恶魔，将他的妻子强行夺取。赛太岁自恃有金铃在手，就可以为所欲为，却被孙悟空盗走，差点死于烟火之中。

取经团队代表着追求真理、替天行道的正义力量。他们在各种磨难之中，不断克服自身的弱点，改正自己的缺点，提高思想觉悟，提升精神境界，惩恶扬善、弘扬正气。朱紫国在唐僧师徒的帮助下，解除了赛太岁的威胁。国王和王后得以团聚，这似乎是个皆大欢喜的结局。可是国王却没有再提让出半壁江山之事，只是"大排銮驾，请唐僧稳坐龙车，那君王、妃后，具捧毂推轮，相送而别"。这国王言而无信，与乌鸡国王相比，缺乏真诚，没有担当。

第十八章 以假乱真与假公济私

135

第十九章

虚情假意与真情难得

一

在西行路上,相同的考验,会以不同的形式反复出现。在盘丝洞和黄花观的故事中。唐僧师徒再次遭遇到了剪不断、理不清的情欲之网。师徒们离开朱紫国,路上忽见一座庵林。唐僧想去化斋,孙悟空和猪八戒都自告奋勇,要代他前去。经过这一路上的不断磨合,师徒之间的感情日益深厚,如同真正的父子兄弟。孙悟空说:"一日为师,终身为父";猪八戒说:"你况是个父辈,我等俱是弟子",争先恐后地要服侍唐僧。而唐僧说:"徒弟呵,今日天气晴明,与那风雨之时不同。那时节,汝等必定远去,此个人家,等我去,有斋无斋,可以就回走路。"沙和尚知道唐僧的脾气,说道:"师兄,不必多讲,师父的心性如此,不必违拗。若恼了他,就化将斋来,他也不吃",可谓父慈子孝。不过,他们都放松了警惕。平时有百里之遥,孙悟空都能看出凶气,这次居然没有发现附近的异常。

唐僧见这户人家里没有男子,就应该立即回避。可他却站在树下看了半个时辰之久,犹豫不定。怕徒弟笑话他没用,只得走到那些花枝招展的女子们面前,向她们化斋。女子们道:"今到荒庄,决不敢拦路斋僧,请里面坐。"这时唐僧如果坚持不入她们的宅院,就不会陷入网罗。如果不进去,就是对人家不尊重;如果讨不来斋饭,就会被徒弟笑话。为了面子,唐僧差点丢了性命。人情面子这个东西，如同一张网，一旦陷进去就很难挣脱。唐僧走到妖怪的洞里，才发现"这去处少吉多凶，断然不善"。这七个蜘蛛精看起来像闺秀淑女，天真烂漫，可是却极其凶狠残忍。她们故意用人肉招待唐僧，唐僧严加拒绝。妖精说我们好心招待你，你还挑挑拣拣，敬酒不吃吃罚酒，将他捆起来吊在梁上。这时唐僧后悔不已："只说是好人家化顿斋吃，岂知道落了火坑！"俗话说，害人之心不可有，防人之心不可无。唐僧出门在外，缺乏防范之心，为了面子逞能，才会遭这次罪。

　　孙悟空发现情况不对，看到千丝万缕的绳网，不敢贸然行动，叫出土地，问明情况。他见到七个女妖，不禁笑道："怪不得我师父要来化斋，原来是这一般好处。这七个美人儿，假若留住我师父，要吃也不够一顿吃，要用也不够两日用，要动手轮流一摆布就是死了。且等我去听他一听，看他怎的算计。"唐僧本来怕自己化不来斋，被徒弟笑话，死要面子，陷入妖怪的网罗后，反而更被笑话。孙悟空本来可以在濯垢泉里打死七个妖怪，斩草除根。可是他一贯以英雄豪杰自诩，不愿趁人之危。"我若打他呵，只消把这棍子往池中一搅，就叫做'滚汤泼老鼠，一窝儿都是死'。可怜！可怜！打便打死他，只是低了老孙的名头。常言道：'男不与女斗。'我这般一个汉子，打杀这几个丫头，着实不济。"这为后来唐僧、猪八戒、沙和尚被多目怪毒倒埋下了隐患，又是面子坏事。猪八戒倒不顾什么脸面，色胆包天，竟然趁机调戏妖精，结果又像试禅心那次一样，被丝绳捆住。猪八戒面对美色的诱惑时，难以自拔，多次在这个考验上栽跟头。西行路上相同的考验，一次比一次严峻，就是为了让唐僧师徒们能够不断地接受考训，改正错误。

二

　　猪八戒除妖不成，反被其害。孙悟空只得亲自去救唐僧，将路上遇到的七个虫妖消灭,又一把火烧掉蜘蛛精的巢穴。唐僧被救离盘丝洞,师徒四人来到黄花观。孙悟空居然没有发现观主是个妖怪,也没有察觉观中有凶气。难道黄花观的多目怪,比其他妖怪更善于伪装吗?并非如此。是因为他在接待唐僧师徒的时候,并不知道他们的身份,对他们也并无歹意。黄花观是一座真正的道观,多目怪彬彬有礼,也不是装出来的。当蜘蛛精找他告状时,他的态度开始很不屑:"你看贤妹说话,怎么专为客来才说?却不风了?且莫说我是个清静修仙之辈,就是个俗人家,有妻子老小家务事,也等客去了再处。怎么这等不贤,替我妆幌子哩!且让我出去。"对于和他没有利害冲突的唐僧师徒,他以礼相待。只是听说他们和师妹结下冤仇,才变了声色道:"这和尚原来这等无礼!这等怠懒!你们都放心,等我摆布他!"多目怪为蜘蛛精报仇,是因为师兄妹的情分;想吃唐僧肉,是为了自己。

多目怪深藏不露,他的处事原则是:人不犯我,我不犯人;人若犯我,我必犯人。他一出手,就要将对方置于死地。下毒这招,令人防不胜防。若不是孙悟空久混江湖,看出门道,恐怕师徒几人无一幸免。多目怪心地狠毒,杀人于无形。当孙悟空抓住七个蜘蛛精,要换回师父和师弟时,他却说道:"妹妹,我要吃唐僧哩,救不得你了。"孙悟空对师父、师弟的情是真情;而多目怪对师妹的情是虚情,在他心中,最在乎的是自己。这一回的故事,写出了情义的真假。多目怪虚情假意,不顾手足之情,事到临头,也无人相助。孙悟空却不同,黎山老母和唐僧师徒只有一面之缘,见他们师徒有难,主动出手相助,为孙悟空指点迷津。这就是得道多助,失道寡助,吉人自有天相。

孙悟空得到指点之后,找到深居简出的毗蓝婆菩萨。她三百年足不出户,却听过孙悟空的名头。孙悟空请她相助,她说:"我本当不去,奈蒙大圣下临,不可灭了求经之善,我和你去来。"所谓不看僧面看佛面,取经是追求真理,替天行道的正义事业。黎山老母、毗蓝婆菩萨帮助唐僧师徒,皆是出于道义。阴毒的多目怪被毗蓝婆的绣花针破了邪法,唐僧、猪八戒、沙和尚获救。蜈蚣精被毗蓝婆菩萨带回洞府管教,师徒四人烧了黄花观,继续上路西行。

三

在狮驼岭和狮驼城中遭遇青狮、白象、大鹏,是唐僧师徒在取经路上遇到的最大魔障。以前他们遇到的妖怪,有占山为王的、有控制君王的,但是像大鹏一样占领整座城池,建立妖魔王国的,却绝无仅有。在乌巢禅师对取经路途的描述中,狮驼岭和狮驼城是重点,是对取经团队整体作战能力的一次极其严峻的考验。在这回故事的开头,太白金星为唐僧师徒示警时,大致透露了岭上妖魔的强大背景:"那妖精一封书到灵山,五百阿罗都来迎接;一纸简上天宫,十一大曜个个相钦。四海龙曾与他为友,八洞仙常与他作会,十地阎君以兄弟相称,社令、城隍以宾朋相爱。"

通过孙悟空的探查,得到了更重要的信息。巡山的妖怪小钻风说:"我大王神通广大,本事高强,一口曾吞了十万天兵。"孙悟空面对的,是连天庭都招惹不起的妖魔集团。从后文看,孙悟空没有到天庭去请救兵,原因正在于此。孙悟空与妖怪们斗智斗勇,几次都胜利在望,可是之后的强势反扑,又让他的努力化为乌有。若论武力和智谋,孙悟空与大鹏可谓旗鼓相当。青狮和白象都不是他的对手。

俗话说,打仗亲兄弟,上阵父子兵。与前文蜘蛛精和蜈蚣精之间虚情假意、貌合神离的师兄妹关系不同。青狮、白象和大鹏这三个结义兄弟非常团结,原本青狮和白象惧怕孙悟空,还不曾打唐僧的主意。狮驼城的大鹏为了吃唐僧肉,主动找上他们结成同盟。因为他们目标一致,即使是相互利用,也能做到共同进退。当青狮、白象先后败于孙悟空之手,想放弃吃唐僧肉的时候,是大鹏鼓励他们坚持到底。作为妖魔集团的核心人物,大鹏为了达到目的,在结拜中甘心为小弟,让青狮和白象为兄长,但是左右大局的一直都是他。在与孙悟空的第一次交锋中,大鹏由一个不经意的笑声,就轻易地识破了他的伪装,为了防止孙悟空逃跑,又将其装入阴阳二气瓶中。在西行路上的妖怪中,做事如此细致缜密的,尚无先例。要不是孙悟空有观音给他的救命毫毛,恐怕这次真的在劫难逃了。而大鹏最厉害的地方,是善于隐藏实力。

当孙悟空从瓶中逃出,带猪八戒上门挑战时,大鹏和众妖都装聋作哑,让老魔青狮去打头阵。老魔和二魔先后败阵,被孙悟空收拾得服服帖帖时,他才最后出手。孙悟空知道这次的对手很难对付,因此让猪八戒帮忙。"兄弟,你虽无甚本事,好道也是个人。"不怕神一样的对手,就怕猪一样的队友。当猪八戒看见孙悟空被青狮精一口吞下时,跑到唐僧和沙和尚面前,直嚷着分行李。唐僧只知道哭,沙和尚听了他的话,当真分起行李来。猪八戒在没有搞清情况时,谎报军情,涣散军心;唐僧毫无主见;沙和尚随波逐流。一旦离了孙悟空这个主心骨,取经队伍毫无斗志。正当孙悟空在前线取得胜利时,后方却在准备撤退。这岂不令他寒心?

在重大的考验面前,每个人对取经事业的真实态度表露无遗。为了整顿队伍,孙悟空对猪八戒严厉问责。唐僧对孙悟空表示感谢,沙和尚心生惭愧,默默改正错误。在与敌人的斗争中,孙悟空并没有摸清对方的真正实力。他吓退小妖,先后制伏老魔和二魔后,产生了轻敌的心理。没有抓住机会将他们消灭,妄想平安无事地走过狮驼岭,为后来进入圈套埋下了隐患。其实,在孙悟空与老魔和二魔的斗争中,三个妖魔已多次表现出言而无信,反复无常,可是孙悟空却天真地以为他们会信守承诺。这种侥幸的心理,让凶残狡猾的敌人有了反扑的机会。

"那三藏肉眼凡胎,不知是计;孙大圣又是太乙金仙,忠正之性,只以为擒纵之功,降了妖怪,亦岂期他都有异谋?却也不曾详察,尽着师父之意,即命八戒将行囊捎在马上,与沙僧紧随,他使铁棒向前开路,顾盼吉凶。八个抬起轿子,八个一递一声喝道。三个妖扶着轿扛,师父喜喜欢欢的端坐轿上,上了高山,依大路而行。"孙悟空被妖怪殷勤服侍的假象的所蒙蔽,实在是过于轻敌大意。直到狮驼城前,看到妖魔王国才猛然警醒。从来天不怕、地不怕,战胜无数妖魔的他,"离轿仅有一里之遥,见城池,把他吓了一跌,挣挫不起。"陷入重围,是真正考验取经团队战斗能力的时候。猪八戒和沙和尚先后落败被擒,导致孙悟空独立难支,只得先逃走。本来筋斗云是他的绝技,凭此神速,大闹天宫时十万天兵也拿不住他。可这次遇到的对手大鹏隐藏太深,论武艺与他不相上下,飞行速度却更胜一筹。师徒四人全部被捉,危在旦夕。孙悟空试图在夜间带着唐僧等人悄悄溜走,可是城门守卫森严,他们在爬墙的时候被发现。只有孙悟空一人得以逃脱。大鹏城府极深,放出唐僧已死的假消息,让孙悟空一时信以为真。他深感取经之路艰险难行,去向如来诉苦。如来说出妖怪的底细,叫来文殊、普贤,带着五百罗汉、三千揭谛去助孙悟空降妖。

四

天庭难以镇压狮驼岭和狮驼城的妖魔,让妖怪王国占据人间城池五百年之久。与当年以孙悟空为首的花果山妖魔集团相比,狮驼岭妖魔集团更加强大。当初去降孙悟空,如来只带了两个随从。这次浩浩荡荡,有数千之众。面对如此阵势,青狮和白象胆怯,大鹏却没有退缩,反而喊道:"大哥休得悚惧,我们一齐上前,使枪刀搠倒如来,夺他那雷音宝刹!"大鹏与孔雀可以说是小说中出现的最凶残的妖魔。如来亲口说道:"孔雀出世之时最恶,能吃人,四十五里路,把人一口吸之。"就连修行中的如来,都曾被吞下肚去。如来在诸佛劝解之下,以德报怨,封孔雀为佛母。对于穷凶极恶的大鹏,如来将之收服之后,不仅没有惩罚,反而姑息迁就。大鹏对于如来的好意,不但不领情,反而说:"你那里持斋把素,极贫极苦;我这里吃人肉,受用无穷!你若饿坏了我,你有罪愆。"对于像大鹏这样顽固的犯罪分子,必须要时时严加管束,不可放松。"佛祖不敢松放了大鹏,也只教他在光焰上做个护法,引众回云,径归宝刹。"只有对其进行长期教育,才有可能产生效果。

取经团队在这回的故事中,遭遇到全面挫败,敌人的强大狡猾是外部原因,队友之间不够团结是内在原因。孙悟空和猪八戒不和由来已久,经过多次患难与共,彼此的嫌隙越来越少。可往日的恩怨纠葛和不时的小摩擦,仍然在潜移默化地影响着他们之间的关系。猪八戒谎报军情,涣散军心,差点儿导致队伍散伙。孙悟空气不过,要给他一点儿教训,故意让他被二魔捉走。唐僧见状,指出他们之间的问题:"悟空,怪不得悟能咒你死哩!原来你兄弟全无相亲相爱之意,专怀相嫉相妒之心!他那般说,教你扯扯救命索,你怎么不扯,还将索子丢去?如今教他被害,却如之何?"孙悟空回答道:"师父也忒护短,忒偏心!罢了,像老孙拿去时,你略不挂念,左右是舍命之材;这呆子才自遭擒,你就怪我。也教他受些苦恼,方见取经之难!"

唐僧袒护猪八戒,偏听偏信,作为团队领导缺乏主见、是非不明,也是团队成员不和、凝聚力不强的重要原因。与他们师徒相比,由青狮、白象、大鹏组成的妖魔集团,彼此配合,团结一致,当然会克敌制胜。孙悟空在猪八戒被捉的时候,诈出他的私房钱,有趁火打劫之嫌。猪八戒有私心不假,但正如他自己所说:"这是甚么私房!都是牙齿上刮下来的。我不舍得买了嘴吃,留了买匹布儿做件衣服,你却吓了我的。还分些儿与我。"孙悟空没有将私房钱上交给唐僧。而猪八戒藏私房钱的事情,是沙和尚透露给他的。沙和尚说出这件事,很可能是嫉妒猪八戒。取经队伍成员之间拉帮结派,难怪凝聚力不强,战斗力不够。

第二十章

将心比心与不忘初心

一

孙悟空对于太白金星的警告掉以轻心。他在没有充分了解敌人底细和实力的情况下，怀有侥幸心理；没有抓住有利时机铲除敌人，以致让深藏不露的大鹏算计，取经队伍险些被团灭，是应该深刻反思的。如果他从一开始就除掉青狮和白象，在猪八戒和沙和尚的帮助下，打败大鹏也不是没有可能的。与大鹏的心机深沉相比，孙悟空的聪慧机智尚差一筹。如来动用大雷音寺的力量，扫除了西行路上势力最大的妖魔集团，唐僧师徒四人得以继续上路，来到比丘国。

这比丘国又名小子城。因为国王昏聩，听信国丈谗言，竟然要用一千一百一十一个小儿的心肝煎汤服药。且不说这药方是真是假，就事而论，为了自己延年益寿，却要别人的命。这种极端自私、惨无人道的作为，不仅骇人听闻，而且令人发指。大鹏吃尽了狮驼国一城的人，纵然凶残，到底是妖怪吃人。而比丘国国王的所作所为，也无异于吃人。对于国王的残酷要求，官员和百姓既不敢怒，也不敢言。唐僧师徒住进金亭馆驿，驿丞悄悄道出事情始末，告诫他们说："长老明早到朝，只去倒换关文，不得言及此事。"唐僧听后，痛哭失声："昏君，昏君！为你贪欢爱美，弄出病来，怎么屈伤这许多小儿性命！苦哉！苦哉！痛杀我也！"这足见唐僧的慈悲心肠。

猪八戒却说出没心没肺、不痛不痒的话来："常言道：'君教臣死，臣不死不忠；父教子亡，子不亡不孝。'他伤的是他的子民，与你何干！且来宽衣服睡觉，'莫替古人耽忧'。"这是典型的事不关己、高高挂起的态度。表明他对别人缺乏起码的同情心，与取经事业的宗旨不符。唐僧当即指出他的错误："徒弟呵，你是一个不慈悯的！我出家人，积功累行，第一要行方便。怎么这昏君一味胡行！从来也不见吃人心肝，可以延寿。这都是无道之事，教我怎不伤悲！"猪八戒的思想觉悟低下，他的人生追求都是物欲方面的，对事业没有忠诚度，对社会缺乏责任感。他自私自利、麻木不仁，认同"君教臣死，臣不死不忠；父教子亡，子不亡不孝"的愚忠愚孝观念。

唐僧一向忠君爱国，对于唐王交给他的使命矢志不移、舍生忘死。但他并非愚忠，而是有自己的是非观念、善恶标准。当唐王为他送行，要他饮酒时，他也曾婉言相拒。这说明他有时在小事上会偶尔糊涂，但在大是大非上却从不含糊。当孙悟空说要解救那些孩童的性命时，他放下师父的身份，"急躬身反对行者施礼"。在他心中，救人是天大的善举。"若果能脱得，真贤徒天大之德！"孙悟空受到师父的鼓励，当即召聚城隍、土地、社令、真官，并五方揭谛、四值功曹、六丁六甲与护教伽蓝等众，一起参与拯救行动。

唐僧次日面见比丘国国王、倒换关文，恰巧遇见国丈。这个国丈趾高气扬，对唐僧冷嘲热讽。国王问唐僧，为僧向佛是否可以长生不死。唐僧没有直接回答国王的问题，而是说："行功打坐，乃为入定之原；布惠施恩，诚是修行之本。大巧若拙，还知事事无为；善计非筹，必须头头放下。但使一心不行，万行自全；若云采阴补阳，诚为谬语，服饵长寿，实乃虚词。只要尘尘缘总弃，物物色皆空。素素纯纯寡爱欲，自然享寿永无穷。"他意在劝诫国王，不要执著于色相。只要清心寡欲，自然可以延年益寿。国丈出言反驳，说道："三教之中无上品，古来惟道独称尊！"满朝文武齐声喝彩。国丈的话故弄玄虚，已将一国君臣洗脑。唐僧走后，国丈蛊惑国王，要以唐僧之心代替小儿之心。国王立即派兵去捉唐僧,唐僧听到这个消息,吓晕过去。猪八戒却幸灾乐祸地说:"行的好慈悯! 救的好小儿! 刮的好阴风,今番却撞出祸来了!"师父有难,他却说风凉话,当真没心没肺、不忠不孝。国王为了捉唐僧,派出三千羽林卫,这可真是"君要臣死,臣不得不死"了。

二

比丘国国王在国中实行专制统治,不仅对本国的臣民任意鱼肉,对于外国使节也毫无尊重。原因在于他手握强权,一声令下,不经过任何法律程序,羽林卫便可随意抓人。这正是明代君权膨胀,专制强化的写照。国王对国丈言听计从,是因为国丈为他提供了可以延年益寿的方法。国王为了自己长期享乐,却让百姓断子绝孙,实在是天理不容。如果不是唐僧师徒到来,孙悟空当众揭穿国丈的真面目,比丘国就是下一个狮驼国。孙悟空变作唐僧的模样,取出心来:"一个个捡开与众观看,却都是些红心、白心、黄心、悭贪心、利名心、嫉妒心、计较心、好胜心、望高心、俄慢心、杀害心、狠毒心、恐怖心、谨慎心、邪妄心、无名隐暗之心、种种不善之心,更无一个黑心。"这些心代表的是心思意念,说明人的一切恶念罪行,都是不正当心思意念的产物。国丈说要唐僧的黑心,其实他的心才最黑。正如孙悟空所说:"我和尚家都是一片好心,惟你这国丈是个黑心。"国丈见情况不妙,带着迷惑国王的妖后逃走。比丘国君臣认识到国丈和妖后的真面目,反过来求孙悟空铲除妖魔。孙悟空和猪八戒一起找到妖怪的老巢。八戒打死迷惑国王的白面狐狸,寿星赶到,及时救了白鹿精一命。

受孙悟空之邀,寿星来到比丘国中,赐给国王火枣治好了他的病。国王真正的病不在身上,而在心中。孙悟空对他说道:"从此色欲少贪,阴功多积,凡百事将长补短,自足以怯病延年,就是教也。"他的说法与唐僧先前所说相似。孙悟空一路上降妖捉怪,同时又是"立帝货"和"医国手",教育那些无道昏君体恤生民、广施仁政,体现了作者的美好愿望。孙悟空除掉了祸国殃民的妖怪,一千一百一十一个小儿被送回。这些小儿的父母对唐僧师徒感恩戴德。"无大无小,若男若女,都不怕他相貌之丑,抬着猪八戒,扛着沙和尚,顶着孙大圣,撮着唐三藏,牵着马,挑着担,一拥回城。那国王也不能禁止。这家也开宴,那家也设席。请不及的,或做僧帽、僧鞋、褊衫、布袜,里里外外大小衣裳,都来相送。如此盘桓,将有个月,才得离城。"他们做下天大的好事善举,被当作大英雄、活菩萨。黎民百姓的眼睛是雪亮的,为人民造福的英雄壮举,一定会被永远纪念。取经团队一路上追求真理,替天行道,对邪恶势力给予打击,对受压迫者施以救助,改善了西行路上百姓的民生。因此,取经本身不仅仅是他们师徒的事情,而是牵扯到众生福祉的伟大事业。

三

师徒四众离了比丘国继续西行,唐僧见到高山密林,产生畏惧之情、思乡之念。对于他来说,历经千山万水,还没有到达灵山,难免会感到身心疲惫。孙悟空却笑他:"师父这话,也不像个走长路的,却似个公子王孙,坐井观天之类。"猪八戒安慰他说:"放心,放心!这里来相近极乐不远,管取太平无事!"要完成远大的目标,需要有百折不挠的坚定信念。唐僧历尽千辛万苦,百般磨难,在最接近目标时已如强弩之末。在意志最薄弱,精神最涣散的时刻,一副多愁善感的样子,难怪孙悟空说他像公子王孙。他作诗道:"我自天牌传旨意,锦屏风下领关文。观灯十五离东土,才与唐王天地分。甫能龙虎风云会,却又师徒拗马军。行尽巫山峰十二,何时对子见当今?"孙悟空批评他说:""师父,你常以思乡为念,全不似个出家人。放心且走，莫要多忧。"

唐僧师徒来到黑松林中，"逍逍遥遥，行经半日，未见出林之路"。表面上是迷路，实际上是迷失。他不思进取、贪图安逸，对徒弟们说："一向西来，无数的山林崎险，幸得此间清雅，一路太平。这林中琪花异卉，其实可人情意！我要在此坐坐：一则歇马；二则腹中饥了，你去那里化些斋来我吃。"以前都是他忙着赶路，猪八戒喊累喊饿，这回是他说要歇歇。孙悟空去化斋，"三藏端坐松阴之下，八戒、沙僧却去寻花觅果闲耍"。唐僧对取经大业懈怠，徒弟们也跟着闲散起来，只有孙悟空尚有警惕之心。唐僧本想念经，却被女子的声音打断，他也不叫徒弟，自己穿过松柏，来到一个上半身被绑在树上，下半身埋在土里的女子面前。

唐僧见状，上前询问情况，妖精编出瞎话骗他，他信以为真。唐僧被妖怪蒙骗，不止一次。经过孙悟空的劝说，他将妖怪撇下，确实有所长进。可是长进不多，又被妖怪传来的话说动，还是中了妖怪的计。这次唐僧中计，与前几次不同。以前银角大王、红孩儿都是装可怜，用外表来迷惑他。这回的白鼠精，直接从信仰上诘问他："你放着活人的性命还不救，昧心拜佛取何经？"唐僧从信仰出发，得出的结论没错："'救人一命，胜造七级浮屠。'快去救他下来，强似取经拜佛。"任孙悟空对他如何揶揄、嘲讽，他坚持要带白鼠精变化的女子同行。白鼠精利用唐僧的信仰，对他进行道德绑架。尽管孙悟空说："我笑你'时来逢好友，运去遇佳人'。"唐僧却以救人为由，不为所动。

孙悟空说的没错，当他们一行人到镇海寺中投宿时，果然被误会。唐僧将妖怪带入寺中，间接害了六条人命。白鼠精在故事中，代表的是勾引男人的浪荡女子。她白天看起来不动声色，规规矩矩。一到夜晚，就放荡起来。几个禁不住诱惑的小和尚，先后遭了她的毒手。作者在书中一再称美貌的女子为"粉骷髅"，无论是白骨精、蝎子精、蜘蛛精、白鼠精，一旦沾上她们，就没有好下场。作者明确表达了女人是老虎，能躲就躲、能避就避的意思。以前,唐僧对于美貌女子,都是避之唯恐不及,这回却不避嫌疑,与之同行。以救人为借口,使自己心安理得,但到底是于理不合。他刚到镇海寺,就得了一场病。猪八戒说他是伤食,他自己说是伤风。他身上发热,头脑发昏。三日之后,他起来就问同行的女子有饭吃没。他在黑松林中迷路,遇见女子后迷了心窍,及至生病,都是不愿前行、贪图安逸的表现。孙悟空说:"你既身子不快,说甚么误了行程,便宁耐几日何妨!"说出了他的心里话。刚到镇海寺时,他就心灰意懒,见到废弃的殿堂,倾倒的钟楼,叹息不已。

四

孙悟空说唐僧的病因在于:"只因他轻慢佛法,该有这场大难。"唐僧的病,其实是对取经事业缺乏信心,思乡恋家。他以为自己再也承担不起这项重任,要孙悟空代他向唐王递送辞呈:"当年奉旨离东土,指望灵山见世尊。不料途中遭厄难,何期半路有灾迍。僧病沉疴难进步,佛门深远接天门。有经无命空劳碌,启奏当今别遣人。"孙悟空对唐僧的话不以为然,依旧斗志昂扬,说要在寺中捉妖。无论是寺里的和尚,还是唐僧,都怕他捉妖不成,惹祸上身。孙悟空却不为所动,夜间与妖精斗智斗勇。妖怪使出障眼法逃脱,顺手将唐僧捉到陷空山无底洞中,要与他成亲。孙悟空找上门去,担心唐僧会经不住诱惑。"不知他的心性如何。假若被他摩弄动了呵,留他在这里也罢。"

取经路上,唐僧在女色面前,从来没有丝毫的动摇。孙悟空看出唐僧有思乡恋家之情,才会有所担心。他找到唐僧后,直接用话试探,见唐僧不忘初心,才想出计策救他。唐僧依孙悟空之言,与妖精虚情假意。妖精被骗,是因为她喜欢甜情蜜意,纵然是风月场中的老手,也被唐僧的花言巧语迷惑,中计后不得不送唐僧出洞。孙悟空救出唐僧后,与白鼠精在洞外打起来,猪八戒和沙和尚见状上前帮忙。妖精不敌,再次使用障眼法逃脱,顺手又将唐僧捉进洞去。

　　白鼠精的无底洞,按照书中描述,也是个洞天福地,如同世外桃源。妖精想和唐僧天长地久过日子,为了不被孙悟空找到,举家搬到东南的角落里。孙悟空找到白鼠精来不及带走的牌位和香炉,发现她是托塔天王之女,哪吒之妹,上天庭去告御状。天王和太子随孙悟空一起来到无底洞,找到白鼠精,将其绳之以法。如果是以前,孙悟空就要当场打杀妖怪。这次却一字不提,倒是猪八戒和沙和尚喊打喊杀。他知道与神佛有关的妖精,都要按照法律程序处理。本来与李天王关系不睦,正好借此机会卖个人情给他。俗话说好男儿志在四方,如果一味贪图安逸,眷恋家乡,恐怕难有作为。雷音寺在西,陷空山在南,唐僧这次险些陷在温柔富贵乡里,使取经事业功亏一篑。只有不忘初心、牢记使命,才能取得事业的最后胜利。

第二十一章

掉以轻心与疏忽大意

一

　　唐僧师徒继续西行,路遇一个老母和小孩。他们对唐僧高叫道:"和尚,不要走了! 快早儿拨马东回,进西去都是死路。"唐僧听说灭法国要杀和尚,心中害怕,想绕道而行,老母笑道:"转不过去,转不过去。只除是会飞的,就过去了也。"原来是观音带着善财童子,前来为唐僧师徒示警报信。比丘国国王为了自己延年益寿,要吃一千多个小儿心肝。而灭法国国王,因为僧人谤了他,就发愿要杀一万个和尚做圆满。比丘国国王是被妖怪蛊惑,灭法国国王则是自生妄念。僧人得罪了国王,他就要大开杀戒。或许是一个、或许是一群僧人惹怒了国王,但国王却要杀一万个僧人。用观音的话来说,这国王是"今世无端造罪"。他身为一国之君,滥用权力,草菅人命。这国王"只要等四个有名的和尚,凑成一万"。唐僧师徒正好四个,而灭法国又是西行必经之路。孙悟空到城中偷了路人的头巾衣服,扬言说是借,过城便归还。他小偷小摸的毛病,不易改正,但这次有借有还,也算是进步。

　　师徒四人换了衣服,掩盖身份,来到城中投宿,没想到竟然住进一家黑店。孙悟空有意说出露财的话,被贼人听见,将师徒四人睡觉的柜子抬走。猪八戒、唐僧、沙和尚惊醒,孙悟空说道:"等他抬! 抬到西天,也省得走路。"他原本的想法,是利用强盗们将他们送出城去。可是人算不如天算,他们不想正面解决问题,妄图蒙混过关,却弄巧成拙。"那贼得了手,不往西去,倒抬向城东,杀了守门的军,打开城门出去。"惊动官军之后,装他们的柜子又被抬回城中。问题是不能逃避的,终究要面对。唐僧埋怨孙悟空,孙悟空急中生智,转换思路。既然他们四个人的身份是变不了的,那就让灭法国君臣的身份改变。当然,比起前者,后者的难度要大得多。孙悟空使出神通,在土地的协助下,将国王妃子、满朝文武都剃了光头。次日一早,国王发现自己和后妃官员们都没了头发,开始反省自己的错误。见到唐僧师徒四人后,表示愿意皈依。在孙悟空的建议下,灭法国改为钦法国。这个故事的主题,是遇到问题不能逃避,在态度上要积极面对,方法上要换位思考。

二

师徒四人欢喜上路,前方又是高山阻路。这次与以往不同,唐僧说山中有凶气。孙悟空笑他忘了乌巢禅师的《多心经》,说出四句颂子:"佛在灵山莫远求,灵山只在汝心头。人人有个灵山塔,好向灵山塔下修。"唐僧总结道:"若依此四句,千经万典,也只是修心。"西行取经,对他们来说就是修心的过程。孙悟空说得头头是道,可在打探情况的时候,见到一伙虚张声势的妖怪,却完全没有放在心上。他觉得这伙乌合之众太容易对付,根本不值得自己出手,想给猪八戒一个立功的机会。于是回到唐僧面前,谎报军情,骗八戒去化斋。猪八戒远远看见妖怪,仗着有孙悟空撑腰,发威将妖怪打退。

这伙妖怪只不过是一些残兵败将,乌合之众。很多小妖曾经是西行路上大魔王的手下,盘踞在火焰山、碧波潭、狮驼岭的大型妖魔集团相继被消灭,向西逃的小妖投到土匪头目南山大王的麾下。这个所谓的南山大王,不过是个艾叶花皮豹子精,论武艺跟猪八戒不相上下。他听到孙悟空的名头,不禁大惊失色。俗话说,"人为财死,鸟为食亡",豹子精为了吃唐僧肉,在小妖的建议下,使出"分瓣梅花计",成功骗过孙悟空、猪八戒和沙和尚,将唐僧捉入洞中。这次唐僧深陷魔窟,责任在孙悟空——他轻敌大意,才中了敌人的诡计。更让人失望的是,他在唐僧被捉后,又再一次中计。

敌人不敢和孙悟空正面交锋,于是采取攻心策略。利用孙悟空喜欢奉承的弱点,骗他说唐僧已死。师父被捉,他本该像以前一样,进洞探明情况。可是小妖出洞叫了他一声:"大圣爷爷,息怒容禀。"他便止住猪八戒道:"且莫动手,看他有甚话说。"这才被妖怪的花言巧语蒙骗。孙悟空吃软不吃硬,最看重的是自己的名声。当初他大闹天宫,并不是因为稀罕王母的蟠桃,而是觉得没有被邀请参加蟠桃会,失了面子。他本领高强,喜欢炫耀,因此才被须菩提祖师逐出师门。他在五行山下压了五百年,西行之路走了多半,这一点却没有多大改变。面对穷凶极恶的大魔头,他与之斗智斗勇,多以智慧取胜。可是当他面对一群乌合之众、残兵败将时,却因为麻痹大意而两次中计。险些因为他的失误,让取经大业功败垂成。如果不是他为了给唐僧报仇进入洞中,发现唐僧其实未死,取经事业或许就由此断送了。看到唐僧,孙悟空喜不自胜。这回他打妖怪,也不怕坏了名头。先用瞌睡虫弄倒他们,然后才一把火都烧死。他这样做,就为了保证唐僧的安全。对于孙悟空来说,唐僧这次失而复回,有侥幸的成分。为了改正错误,吸取教训,他根除了隐雾山折岳连环洞的残余妖魔势力。

正是当初的一些漏网之鱼来到隐雾山,才让经过无数大风大浪的取经团队,差点在小小的阴沟里翻船。对于犯罪分子,必须要绳之以法。一旦让其逃脱法网,就会死灰复燃,卷土重来。这一回故事中的豹子精,孤陋寡闻,自不量力。如他自己所说"我往常出洞巡山,不管那里的人与兽,定捞几个来家,养赡汝等",却号称南山大王,有扯虎皮拉大旗的意思。不过仍然能够危害周围的百姓,具有让取经事业覆灭的危险。因此,绝不能对其掉以轻心、姑息纵容,必须坚决消灭。如孙悟空所说:"花皮会吃老虎,如今又会变人。这顿打死,才绝了后患也!"这次消灭残余的妖魔势力,连带救了一个奉养老母的孝子,活了两条人命。惩恶总是伴随着扬善。

<h1 style="text-align:center">三</h1>

离开隐雾山之后,师徒四人来到了天竺国的凤仙郡。他们刚刚一进城门,就看见有官吏张贴求雨的榜文。文中写到:"兹因郡土宽弘,军民殷实,连年亢旱,累岁干荒,民田菑而军地薄,河道浅而沟浍空。井中无水,泉底无津。富室聊以全生,穷民难以活命。斗粟百金之价,束薪五两之资。十岁女易米三升,五岁男随人带去。城中惧法,典衣当物以存身;乡下欺公,打劫吃人而顾命。为此出给榜文,仰望十方贤哲,祷雨救民,恩当重报。"旱情严重,凤仙郡民不聊生。唐僧大发慈悲,孙悟空说求雨不是难事。他先叫来龙王,敖广说没有天庭的旨意,他不敢擅自下雨。有泾河龙王的前车之鉴,东海龙王所言非虚,于是孙悟空上天庭去走求雨的正规程序。

到了西天门外,他见到护国天王,说起此事。护国天王说出凤仙郡不下雨的原因:"我向时闻得说:那郡侯撒泼,冒犯天地,上帝见罪,立有米山、面山、黄金大锁,只等此三事倒断,才该下雨。"孙悟空在通明殿外见到四大天师,天师也说凤仙郡不该下雨。及至见了玉帝,天师又奉命引他去看米山、面山、金锁。"那厮触犯了上天,玉帝立此三事,只等鸡嗛了米尽,狗餂得面尽,灯燎断锁梃,那方才该下雨哩。"按照上文的描写,恐怕到了猴年马月,凤仙郡也不会下雨。得知前因后果,孙悟空"大惊失色,再不敢启奏。走出殿,满面含羞"。他本以为自己面子大,没弄清事情的原因,就夸口说能求雨。上天庭了解情况后,才知道事情难办。如果是以前,他可能会胡搅蛮缠,可是现在他已皈依正道,必须按照原则办事,走正规程序。见孙悟空为难,天师指点他说:"大圣不必烦恼,这事只宜作善可解。若有一念善慈,惊动上天,那米、面山即时就倒,锁梃即时就断。你去劝他归善,福自来矣。"

凤仙郡侯因为与妻子吵嘴,怨天尤人,惹怒玉帝。玉帝因他一人之过,迁怒全郡百姓。俗话说,"抬头三尺有神明",要想人不知,除非己莫为。郡侯身为一地父母官,在言行上应该谨慎。他"口出秽言,造有冒犯之罪",以为神不知鬼不觉,可是偏偏那天玉帝"出行监观万天,浮游三界"。或许正如一个人经常加班,只有一天走得早,就恰巧被领导看见。书中写道:"那郡侯原来十分清正贤良,爱民心重。"但是全郡三年不下雨,他却没有想到是自己的原因。"这两年忆念在心,神思恍惚,无处可以解释。不知上天见罪,遗害黎民"。一个人的职位越高、权力越大,对别人的产生的影响也就越大。失职的行为哪怕再小,也可能会造成严重的后果。因此,作为一个领导者,应该时时自我省察,在生活和工作中,有没有疏忽大意的地方。如果自己不能及时发现问题,加以改正。不但会影响其他人,等到被上级监察部门发现,后果就严重了。

正是唐僧师徒的到来,帮郡侯发现了问题,改正了错误。"郡侯领众拈香瞻拜,答天谢地,引罪自责。"很多时候,所谓的天灾,都是人祸引起的。只有寻根溯源,自我反省,加以改正,才能找到切实有效的解决问题方法。正如文中所写:"人心生一念,天地悉皆知。善恶若无报,乾坤必有私。"这个世界存在着不以个人意志为转移的法则,孙悟空按照规矩办事,走正当的程序,使凤仙郡的难题得到解决。全郡百姓对唐僧师徒感恩戴德,这次虽然没有除妖,却依旧造福了百姓。有时按照规矩办事,比动用武力更有效果。

唐僧师徒四人离开凤仙郡,唐僧和沙和尚都称赞孙悟空的善举。猪八戒却笑道："哥的恩也有，善也有，却只是外施仁义，内包祸心。但与老猪走，就要作践人。"明显在唱反调。别人都说你是盖世英雄，功勋卓著，我偏偏就挑你的不是。猪八戒和孙悟空一向不和，见唐僧表扬孙悟空，嫉妒之意显而易见。可是这回，唐僧却叫他闭嘴，站在了孙悟空一边。

唐僧态度转变的直接原因，是在隐雾山折岳连环洞感受到了孙悟空对他的真情实意。他当时就说："猴儿，想是看见我不曾伤命，所以欢喜得没是处，故这等作跳舞也？"在西行路上，孙悟空救过唐僧不止一次，可是唐僧却不待见他，甚至和猪八戒一起打压排挤他。从"贤徒"到"猴儿"称呼的改变，表明唐僧真正把孙悟空当作自己人了。他对孙悟空最不满的地方，在于孙悟空动不动就喊打喊杀。打杀妖怪是应该的，可打死人，哪怕是杀人越货的强盗，在唐僧看来都是不能容忍的。在他的思想观念里，杀生和救人，是判断善恶的重要标准。孙悟空在凤仙郡拯救了万千黎民百姓，在唐僧看来是天大的善举。孙悟空在他心中的形象，由"杀生者"变成了"救人者"。唐僧看出猪八戒对孙悟空不满，完全是出于私怨，于是对猪八戒出言呵斥。只是猪八戒还蒙在鼓里，不知道自己失宠的原因。

第二十二章

好为人师与贪图安逸

一

西行取经的起点是大唐国,终点是天竺国。最后的行程和故事,都发生在天竺国内。玉华县是天竺国的下郡,城主是皇室宗亲玉华王,"此王甚贤,专敬僧道,重爱黎民。"唐僧朝见玉华王倒换关文,玉华王对他以礼相待,嘘寒问暖,与之前西行路上的国王和官吏相比,的确名至实归。郡王有三个儿子,喜好舞刀弄棒。他们听闻孙悟空、猪八戒、沙和尚相貌丑恶,以为是妖邪,拿起兵器,要与他们比试。孙悟空、猪八戒、沙和尚卖弄神通,耀武扬威,王子和全城百姓将他们奉为神佛。三个王子各自拜三人为师,并按照师父们兵器的样子,打造趁手的兵器。师徒四人志得意满,放松警惕。"次日请行者三人将金箍棒、九齿钯、降妖杖,都取出放在篷厂之间,看样造作。遂此昼夜不收。"

玉华县国泰民安,唐僧师徒以为这里离灵山不远,又是在城池之内,不会有任何危险。书中写道:"这兵器原是他们随身之宝,一刻不可离者。"重要的随身武器,就如同老虎的牙齿一样。而老虎一旦被拔了牙,就会失去战斗力。之前孙悟空被青牛精收去金箍棒,战力大打折扣。只得低声下气到天庭求助,就是最好的例子。当他们自以为安枕无忧的时候,危机已迫在眉睫。离玉华城不过七十里的豹头山,就盘踞着一伙妖怪。黄狮精看见城中宝贝放光,见猎心起,趁夜将三件神兵偷走。书中写道:"道不须臾离,可离非道也。神兵尽落空,枉费参修者。"兵器象征着取经团队的战略物资和武器装备,他们自己解除武装,敌人又怎么会放弃大好时机,不将其据为己有呢?

兵器丢失,猪八戒冤枉铁匠们监守自盗,小王子们以为是师父们收走了。玉华王认为军民守法,不是自己人干的。孙悟空这时才发现自己的疏忽:"还是我们的不是,既然看了式样,就该收在身边,怎么却丢放在此!那宝贝霞彩光生,想是惊动什么歹人,今夜窃去也。"经过调查,他断定是豹头山虎口洞里的妖怪盗走了兵器。没有了武器装备,不能和敌人硬碰,只得智取。孙悟空和猪八戒变作小妖模样,让沙和尚扮作买卖人,一起混入虎口洞中,各自取回了自己的兵器。打跑了黄狮精,打死了小妖,取出洞中的细软,放火将妖穴烧毁。黄狮精想将别人的宝贝据为己有,没想到却惹祸上身,偷鸡不成蚀把米,多年经营的家业,就此毁于一旦。任何不义之财,都是祸不是福。用不正当的手段占有他人的财物,迟早都要付出沉重的代价。孙悟空三人回到玉华城,玉华王听完取回兵器的经过,喜忧参半。有了隐雾山的教训,孙悟空对王爷道:"殿下放心。我已虑之熟、处之当矣。一定与你扫除尽绝,方才起行,决不至贻害于后。"

二

黄狮精战败,找老祖宗九灵元圣为他报仇雪恨。明明是他自己贪图别人的宝物,以致惹祸上身,却不思悔改,反而进一步激化矛盾,扩大事端。狮子精团伙以复仇为旗号,浩浩荡荡来到玉华城。孙悟空、猪八戒、沙和尚出城迎战,大战两场之后,引起战端的黄狮精被打死,其余六个狮子精被活捉。九灵元圣俘虏了唐僧、猪八戒和玉华王父子。孙悟空和沙和尚到竹节山九曲盘桓洞去救人，结果九灵元圣"身无披挂，手不沾兵"，轻松将他们拿下。在西行路上，能和孙悟空战成平手的妖怪有几个，比如黑熊怪、牛魔王和大鹏。可是能完全碾压他的，就只有九灵元圣。真正的绝世高手，原来不用任何武器，就可以克敌制胜。

在这个故事中，孙悟空、猪八戒、沙和尚自以为武艺在身、神兵在手，就骄傲自满，好为人师。却没想到，他们能打败几个孙子辈的狮子精，面对爷爷辈的九灵元圣就不行了。九灵元圣身负盖世神功，却不轻易杀生，他捉住孙悟空和沙和尚之后，只教小妖将孙悟空打了一顿。这里有一个小细节，就是沙和尚见孙悟空挨打，心中过意不去，要替他打百十下。以前唐僧念紧箍咒，赶孙悟空走，沙和尚从来都不言语。一是因为他和孙悟空之间交情不深，二是因为他地位不高，明哲保身。随着他对孙悟空的了解增多，又多次受其恩惠，两人之间的关系越来越近。猪八戒藏私房钱的事儿，就是沙和尚告诉孙悟空的。可能是沙和尚看不惯猪八戒经常在唐僧面前搬弄是非，才向孙悟空告密的。

沙和尚见孙悟空为凤仙郡百姓排忧解难，心里由衷敬佩，说他："法力通天，慈恩盖地。"看见孙悟空挨打，愿意一起承担，是共患难的表现。孙悟空在夜里解脱绳索，先救沙和尚，也是理所当然。猪八戒却大嚷大叫，惊动老怪。孙悟空只得先破门而逃，从土地和城隍口中获悉，九头狮子原来是太乙救苦天尊的坐骑。于是孙悟空上天庭求助，在东天门外遇见广目天王。天王说他："那厢因你欲为人师，所以惹出这一窝狮子来也。"古人曰：学无止境。孙悟空、猪八戒、沙和尚还未到灵山取得真经，见有人拜师，就骄傲自满。他们三个都有本领，西行路上也战胜过无数凶魔狠怪。可是一山还有一山高，在九灵元圣这种绝世高手面前不免露怯。九灵元圣是太乙救苦天尊的坐骑，天尊道："我那元圣儿也是一个久修得道的真灵：他喊一声，上通三圣，下彻九泉，等闲也便不伤生。"由此可见，九灵元圣无论是武功，还是修养，都在孙悟空之上。当年孙悟空大闹天宫，太乙救苦天尊和九灵元圣根本没有露面。真正的绝世高人,虚怀若谷,深藏不露。反观孙悟空,见人就提当年大闹天宫的经历,一点也不谦虚。如果这次不是太乙救苦天尊前来,取经队伍很可能会被团灭。只是九灵元圣不愿杀生,他们才侥幸逃过一劫。小王子们的兵器造好后,孙悟空三人各自传授了他们武艺。临行之前,玉华王以金银相赠,就连一向贪财的猪八戒也说不要,只是想换件衣服。唐僧师徒为玉华县解除了周边的安全隐患,又将武艺传授给王子们,为此地的长治久安,作出了重要贡献。

三

离了玉华县,他们一行四人来到金平府,在慈云寺中借宿。唐僧问寺中僧人:"贵府至灵山还有许多远近?"众僧回道:"此间到都下有二千里,这是我等走过的。西去到灵山,我们未走,不知还有多少路,不敢妄对。"唐僧不远十万八千里到天竺求经,天竺的僧人离灵山不远,却不愿意寻求。他们代表的是一群没有理想、不求上进的修行者。当唐僧说自己来自东土大唐时,院主居然倒身下拜说:"我这里向善的人,看经念佛,都指望修到你中华地托生。才见老师丰采衣冠,果然是前生修到的,方得此受用,故当下拜。"这里的和尚们,真是守着金碗要饭吃。

当唐僧要继续上路时,众僧却说:"老师宽住一二日,过了元宵,要要去不妨。"受他们贪图享受、不思进取风气的影响,一心想早日取到真经的唐僧,这时也不禁感叹起来:"弟子在路,只知有山有水,怕的是逢怪逢魔,把光阴都错过了,不知几时是元宵佳节。"之后的两天里,唐僧师徒游园看灯,不亦乐乎,在他们的眼里,到处歌舞升平。"万千家灯火楼台,十数里云烟世界。那壁厢,索琅琅玉鞚飞来;这壁厢,毂辘辘香车辇过。看那红妆楼上,倚着栏,隔着帘,并着肩,携着手,双双美女贪欢;绿水桥边,闹吵吵,锦簇簇,醉醺醺,笑呵呵,对对游人戏彩。满城中箫鼓喧哗,彻夜里笙歌不断。"元宵佳节,师徒们随着众僧到城中看灯,见到金灯桥上有三盏灯,异香扑鼻。唐僧一问才知道,原来三盏灯燃的是天价的酥合香油。

"这油每一两值价银二两,每一斤值三十二两银子。三盏灯,每缸有五百斤,三缸共一千五百斤,共该银四万八千两。还有杂项缠缠使用,将有五万馀两,只点得三夜。"孙悟空一听,觉得有蹊跷。问道:"这许多油,三夜何以就点得尽?"众僧回道:"满城里人家,自古及今,皆是这等传说。但油干了,人俱说是佛祖收了灯,自然五谷丰登;若有一年不干,却就年程荒旱,风雨不调。所以人家都要这供献。"如此劳民伤财,只为求个风调雨顺。这些收走天价油的所谓佛爷,跟那些接受贿赂为人办事的贪官有何分别? 正说话间,半空中风响,众僧都说是佛来看灯。

人皆回避,唐僧却偏要拜佛。灯光昏暗,妖怪趁机掳走唐僧。孙悟空追到一座山前,四值功曹前来报信说:"你师父宽了禅性,在于金平府慈云寺贪欢,所以泰极生否,乐盛成悲,今被妖邪捕获。"唐僧认不出妖怪,也不是头一回,而这回被抓,完全是因为贪图享受。捉去唐僧的,是号称辟寒大王、辟暑大王、辟尘大王的三个犀牛精。"这妖精在此有千年了。他自幼儿爱食酥合香油。当年成精,到此假装佛像,哄了金平府官员人等,设立金灯,灯油用酥合香油。他年年到正月半变佛像收油。"按照前文所说,每年的油价值约五万两。三个妖怪年年搜刮民脂民膏,不计其数。这金平府中的百姓和僧人,为何会被蒙蔽千年之久? 原因就在于他们虽然离灵山不远,却懒得去。如果他们见了真佛,自然就不会被假佛所骗。

四

金平府人不思进取,耽于享受。对外界的事物知之甚少,又不肯开阔眼界学习。如果不是唐僧师徒到来,恐怕还会继续被蒙蔽下去。孙悟空怕以一人之力,难以战胜三个妖怪,叫猪八戒和沙和尚一起前去。他本来想明天去救师父,猪八戒、沙和尚都说趁夜前去才好,这说明他们已经恢复了往日的斗志。三兄弟来到玄英洞,与犀牛精大战起来。由于寡不敌众,猪八戒和沙和尚被捉进洞去。孙悟空没了帮手,只得到天庭求助。玉帝降旨派四木禽星相助悟空,四木禽星接到任务之后,斗木獬、奎木狼、角木蛟消极懈怠,只想让井木犴一人前去。他们作为执法人员对工作不上心,难怪三个犀牛精会逍遥法外千年之久。事实证明,四木禽星一同前去,事半功倍。

在捉妖的过程中,以前很少下水的孙悟空,这次也积极追赶。在西海龙王和太子的拦截下,妖怪无处可逃,最终伏法。猪八戒和沙和尚在妖怪的洞中,发现许多珠玉宝石。孙悟空将两个被活捉的犀牛精带回金平府,向官民证明妖怪假变佛爷之事,从此真相大白。犀牛精们的欺骗手段并不高明,所使用的不过是一般的障眼法,以假乱真而已。而他们之所以能够造成千年大骗局,主要在于金平府人的愚昧迷信。唐僧师徒受周围的环境影响,入乡随俗,失去艰苦奋斗的作风,贪图享受,才会有此一劫。唐僧经过这次教训,吩咐孙悟空不要因为当地人的挽留而耽误行程,天不亮就悄悄离开。"恐只管贪乐,误了取经,惹佛祖见罪,又生灾厄,深为不便。"这也是吃一堑长一智了。只不过猪八戒太不长进,还想继续吃大户。唐僧骂他是馕糟的夯货,又让孙悟空打他。猪八戒这时才发现,他在唐僧心中的地位变了。对于唐僧来说,他不再偏心,而是以公正的态度看待团队中的每个成员。他斥责八戒的原因,正如孙悟空所说:"师父怪你为嘴,误了路程",越是接近目标,越是不能放松。

第二十三章

旧情难忘与知恩图报

一

　　师徒四人来到天竺国都城之前,先在布金禅寺歇脚。唐僧向三个徒弟讲了寺院名称的由来。夜间,一个百岁老和尚来见唐僧,他知道东土来的取经人不凡,于是将他们领到祇园台基上。唐僧等人听到啼哭之声,询问原因,老和尚说出一件蹊跷之事。去年今日,一个女子被风刮来,自称是天竺国的公主。"我将他锁在一间敞空房里,将那房砌作个监房模样,门上止留一小孔,仅递得碗过。当日与众僧传道:'是个妖邪,被我捆了。'但我僧家乃慈悲之人,不肯伤他性命。每日与他两顿粗茶粗饭,吃着度命。"他说女子是妖邪,是为了保护女子。而女子会意,也就装疯作怪。老和尚几次进城打探,都没有结果,于是求唐僧师徒查明此事。

　　唐僧和孙悟空将此事牢记在心。次日一早,他们与行商们一起进城。孙悟空陪着唐僧去朝见国王倒换关文,路遇公主在彩楼上抛绣球招驸马。唐僧说道:"他这里人物衣冠,宫室器用,言语谈吐,也与我大唐一般。我想着我俗家先母也是抛打绣球遇旧姻缘,结了夫妇。此处亦有此等风俗。"唐僧身为出家人,却时时有恋家思乡之念。在布金寺时,"三藏静心诚听,哭的是爷娘不知苦痛之言。他就感触心酸,不觉泪堕。"这时听说彩楼招亲,他又不禁心有所动。孙悟空对他说:"我们也去看看如何?"他回道:"不可,不可!你我服色不便,恐有嫌疑",这说明他是想去的。孙悟空给他找了一个冠冕堂皇的借口,唐僧听后"真与行者相随"。天竺公主是妖精假扮,她算准唐僧会到来,将绣球抛向他。"唐僧着了一惊——把个毗卢帽子打歪——双手忙扶着那球,那球轱辘的滚在他衣袖之内"。他口里埋怨孙悟空,孙悟空笑道:"绣球儿打在你头上,滚在你袖里,干我何事?埋怨怎么?"

唐僧下意识的动作,恰恰表现出真实的想法,在无意间效仿自己的父亲。对于他来说,自从试禅心开始,经历过数次女色财富的考验,一次比一次诱惑大,但都没有动摇。因此这个故事,主要讲的是他对过去的眷恋。随假公主入宫是将计就计。在以前,无论是与女妖,还是与女王,他都有过交谈。可是这次与假公主几乎没说一句话。更多的时间,都在和他的"丈人"国王在一起。唐僧与国王一起游御花园,观赏歌舞,还和起诗来。他做的诗没有超凡脱俗的禅意,却饱含文人士子的风雅,最后一句"炉烧兽炭煨酥酪,袖手高歌倚翠栏"可谓居家气息浓厚。唐僧假戏真做,不知不觉已融入乘龙快婿的角色之中。这并不是说他沉溺于富贵美色之中,而是在无意识地扮演他的状元父亲,在皇帝面前展露才华。

二

唐僧触景生情,沉浸在对父母爱情的想象和追忆之中;天竺国公主在布金寺里,"到夜静处,却思量父母啼哭"。二者表现的都是对骨肉亲情的眷恋。孙悟空在唐僧和假公主将要举行婚礼之时,揭穿了妖怪的真面目。女妖不敌孙悟空,先是逃往天庭,被护国天王率四大元帅挡住,又逃向毛颖山。孙悟空在土地的帮助下,找到妖精的巢穴。正当他大发神威,要打死妖精时,太阴星君带着姮娥仙子前来,救下玉兔精,说出其假扮公主的前因后果。"那国王之公主,也不是凡人,原是蟾宫中之素娥。十八年前,他曾把玉兔儿打了一掌,却就思凡下界。一灵之光,遂投胎于国王正宫皇后之腹,当时得以降生。这玉兔儿怀那一掌之仇,故于旧年走出广寒,抛素娥于荒野。——但只是不该欲配唐僧,此罪真不可逭。"玉兔为了十八年前的一掌之仇,下界报复素娥。对于玉兔来说,这是十八年前的一笔旧账。而对于公主来说,却是上辈子的事了。玉兔活在过去的阴影中,不忘前事,睚眦必报,才惹出这场劫难来。若不是太阴星君及时来救,难逃一死。

在这回的故事里,猪八戒仍旧积习难改,他大吃大喝,乱嚷乱叫。唐僧说他,他与不当回事儿。"没事!没事!我们与他亲家礼道的,他便不好生怪。常言道:'打不断的亲,骂不断的邻。'大家耍子,怕他怎的?"气得唐僧说道:"拿过呆子来,打他二十禅杖!"当国王送三个徒弟西行,赠与金锭时,"八戒原来财色心重,即去接了",这在取经路上,也是头一次。更加过分的是,当他看到霓裳仙子时,竟然在众目睽睽之下,当面调戏。猪八戒当年就是因为作风问题,被革去天庭要职的。后来参加取经队伍,一路西行,对食色财的贪欲,丝毫未见减少。

玉兔精是西行路上,出现的最后一个妖怪。她的出现,引起了唐僧和猪八戒对前世今生、前尘往事的追忆眷恋。月亮让人思乡念旧,感怀往事。玉兔代表的是人们对往昔岁月的眷恋。对于追求取经事业的人来说,沉浸于怀旧感伤的情绪之中,是会消磨意志、止步不前的。只有坚决果断地甩掉过去的包袱,才能轻装上路,直奔目标。国王不认识自己的亲生女儿,将妖精当作公主。公主为了自保,假装妖邪。眼见未必是真。老和尚因为救助公主,得到封赏,可谓善有善报。

三

离开天竺国都城,师徒四人来到铜台府地灵县。听说此地有一户斋僧人家,要斋一万个僧人。他们四人前去,正好凑足此数。四人来到寇家门口,果然看到门前有个"万僧不阻"的牌子。寇员外诚心斋僧,不怕他们形容丑恶,请入家中。一家四口将唐僧师徒奉为上宾,热情款待。唐僧看到这家为善,不禁赞道:"正是欲高门第须为善,要好儿孙在读书。"寇员外做完圆满,还想请师徒四人多留几日。唐僧取经心切,婉言拒绝。猪八戒说唐僧不近人情,被唐僧喝骂。孙悟空和沙和尚也都说猪八戒的不是。员外见他们生恼,陪笑说明日送他们启程。员外的老婆和两个儿子,都说要再留他们半月。唐僧不肯,母子三人见他不识抬举,心生恼怒。这段描写,体现出寇家人做善事,只是为了表现自己而已。当别人不给他们表现机会,就心生不快。

次日,寇员外大摆筵席,请来左邻右舍、妻弟姨兄、姐夫妹丈、同道斋公、念佛善友、和尚道士。"只闻得鼓乐喧天,旗幡蔽日,人烟凑集,车马骈填,都来看寇员外迎送唐僧。这一场富贵,真赛过珠围翠绕,诚不亚锦帐藏春!"这样高调做慈善、炫富贵,引得一伙贼人眼红,夜间到寇家打劫。寇员外舍不得钱财,向贼人哀求,被当场踢死。贼人们带着抢来的财物向西方大路上行,恰巧遇到唐僧师徒。打劫不成,反被孙悟空夺了赃物。"行者欲将这伙强盗一棍尽情打死,又恐唐僧怪他伤人性命,只得将身一抖,收上毫毛。那伙贼松了手脚,爬起来,一个个落草逃生而去。"

经过多次教训,孙悟空的法治意识越来越强。他的改变被唐僧看在眼里,与猪八戒的毫无进步形成鲜明对比。越是快到灵山,猪八戒越发贪图享乐。在践行的宴席上,他对沙和尚说:"兄弟,放怀放量吃些儿。离了寇家,再没这好丰盛的东西了!"当晚,师徒四人在破庙里躲雨,他埋怨道:"放了现成茶饭不吃,清凉瓦屋不住,却要走甚么路,像抢丧踵魂的!如今天晚,倘下起雨来,却如之何!"气得唐僧骂他:"泼孽畜,又来报怨了!常言道:'长安虽好,不是久恋之家。'待我们有缘拜了佛祖,取得真经,那时回转大唐,奏过主公,将那御厨里饭,凭你吃上几年,胀死你这孽畜,教你做个饱鬼!"而他听完,只是吓吓地暗笑,这是胸无大志、混吃等死的表现。

唐僧感念寇家款待的恩情,不怕耽误取经行程,要将从贼人手中夺回的财物送还。他本是一本好心,知恩图报。却没想到,员外的老婆因为恼恨唐僧师徒不受她的斋供,"便生妒害之心,欲陷他四众"。对两个儿子编瞎话说:"点火的是唐僧,持刀的是猪八戒,搬金银的是沙和尚,打死你老子的是孙行者。"两人信以为真,将唐僧师徒告上公堂。刺史派出官兵,不分青红皂白,将师徒四人拿上大堂。唐僧百口莫辩,被下到监牢中。狱卒对他们进行勒索,唐僧受不了打,只得交出锦斓袈裟。狱官见了袈裟和文牒,才知道四人不是强盗。

寇洪斋僧行善,被贼人打劫横死。唐僧知恩图报,反被诬陷。这一回的故事,没有出现妖魔,写的是人世的不公。常言道,善有善报,恶有恶报,不是不报,时候未到。仔细分析这个故事,我们便会发现,寇洪和唐僧都有错。先说寇洪,他发愿斋僧是好事,或许是怕好事不出门,在门前立了一个牌子,让全城的人都知道他的善举。而且他不分对象,只要见到和尚,就往家里请。他儿子亲口说道:"家父斋僧二十馀年,更不曾遇着好人。"而他的邻居说:"他到四十岁上,就回心向善,斋了万僧,不期昨夜被强盗踢死。可怜!今年才六十四岁,正好享用,何期这等向善,不得好报,乃死于非命。可叹!可叹!"寇洪做善事,为的是回报社会,积德行善。可是他做事高调,也是为了显扬自己的好名声。

寇洪的老婆和儿子想款待唐僧师徒,是因为自己有钱没处花,而不是因为唐僧师徒是好人。在他们眼里,寇洪二十年里就没斋过好人。当唐僧拒绝他们,让他们失去表现机会时,在他们眼中,立刻就变成坏人了。"小的父亲寇洪,斋僧二十四年,因这四僧远来,恰足万僧之数;因此做了圆满,留他住了半月。他就将路道、门窗都看熟了。当日送出,当晚复回,乘黑夜风雨,遂明火执杖,杀进房来,劫去金银财宝、衣服首饰,又将父打死在地。"说得头头是道,合情合理,难怪刺史认定唐僧师徒就是案犯。寇洪一家大张旗鼓做善事,都是为了表现自己。这是以做善事的名义,为自己打广告。他们表面上是在帮助人,其实是在利用人。如果你不接受他们的好意,就是不识抬举。唐僧师徒好心将他们被抢的财物送回,却反被诬陷。唐僧的问题在于,他想当然地认为自己做好事,就一定会被感激。按理说捉住贼人之后,应该送到官府,而不是让他们"一个个落草逃生而去"。俗话说,"害人之心不可有,防人之心不可无",做好事也要为自己留下证据。最后还是孙悟空以让死人说话的方式,为他们洗脱了冤屈。这个故事的结尾是讽刺的:"至次日,再挂斋僧牌,又款留三藏,三藏决不肯住。却又请亲友,办旌幢,如前送行而去。"打劫的贼人没有被绳之以法,寇家继续高调斋僧,铜台府的官吏贪酷依旧。似乎一切都没有改变,警示的意味十分明显。

第二十四章

知识无价与一诺千金

一

　　唐僧师徒了却寇家斋僧的心愿,又向西行了六七日,终于来到灵山脚下。山遥路远,历尽艰辛,当唐僧真的到达目的地之时,一时竟不敢相信。貌如道童的金顶大仙在山门前迎接取经人,他记得当年观音去东土寻找取经人,"原说二三年就到我处。我年年等候,渺无消息,不意今年才相逢也"。不论是观音、金顶大仙还是唐僧,都没有想到,取经的过程要比想象中的漫长和艰难。唐僧在玉真观里沐浴之后,次日正式到雷音寺朝见如来。在凌云渡口,唐僧不敢过独木桥,心惊胆战地说:"悟空,这桥不是人走的,我们别寻路径去来。"

　　以前在遇到崇山峻岭阻路时,他也想过绕行。可是取经事业是不能偏离方向的,绕弯子和走捷径都不算数。要么耽误行程,要么走入歧途。正如孙悟空所说,往前走"是正路"。不管多么困难,都要勇往直前。猪八戒想驾风雾过去,企图蒙混过关,甚至说道:"哥啊,佛做不成也罢,实是走不得!"以前多少大风大浪,艰难险阻都经过了,面对最后的难关,唐僧和猪八戒却止步不前。正在孙悟空和猪八戒拉扯之时,接引佛祖撑着一只无底的渡船来到岸边。唐僧见到船没有底,惊疑不定。孙悟空见唐僧桥也不敢走,船也不敢上,向前推了他一把。唐僧跌到水里,幸好被摆渡人一把扯起。

唐僧作为取经团队的领导,有执着的精神,缺乏坚强的意志,尤其在遇到困难的时候,容易心灰意冷,止步不前。如果他不前进,就会拖慢整个队伍前进的步伐。在紧要关头,总是孙悟空在前方开路。在跨越最后的难关时,还是孙悟空推了唐僧一把,而唐僧却反过来抱怨他。有时眼前的困难看似很大,只要勇敢面对,积极行动,是可以克服的。勇气对于一个追求事业的人来说,是不可缺少的。在其他条件相似的情况下,勇气常常是决定事情成败的关键因素。孙悟空的勇气和勇敢,是推动整个队伍向前的巨大驱动力量。

二

唐僧在孙悟空的推助下,被动地跨越了最后的障碍。四人上船之后,"见上溜头泱下一个死尸"。唐僧大惊,孙悟空、猪八戒、沙和尚都说是他,摆渡人也向他道贺。在玉真观里,唐僧洗去了身上的尘垢,在凌云渡中,又脱去了尘俗。取经事业对于唐僧师徒来说,具有痛改前非、洗心革面的意义。当事业接近完成时,每个人一点一滴的改变,最终会积累成脱胎换骨的蜕变。唐僧作为团队的领导,他的脱胎换骨,象征着队伍的整体蜕变、涅槃新生。过了凌云渡,唐僧向三个徒弟道谢,感谢他们对自己的帮助扶持。孙悟空说道:"两不相谢,彼此皆扶持也。我等亏师父解脱,借门路修功,幸成了正果;师父也赖我等保护,秉教伽持,喜脱了凡胎。"取经团队的意义就在于此。如果孙悟空和猪八戒、沙和尚不参与其中,很可能与西行路上的那些妖怪下场差不多。而唐僧也因为他们的帮助,完成了观音和唐王交给他的任务,成就了伟大的功业。

雷音寺前,守卫森严,一步一岗。取经人到来的消息,经过层层通报到达如来处。"佛爷爷大喜,即召聚八菩萨、四金刚、五百阿罗、三千揭谛、十一大曜、十八伽蓝,两行排列,却传金旨,召唐僧进。"师徒四人来到大殿,朝见如来,递上通关文牒。如来对取经的意义进行总结:"你那东土乃南赡部洲,只因天高地厚,物广人稠,多贪多杀,多淫多诳,多欺多诈;不遵佛教,不向善缘,不敬三光,不重五谷;不忠不孝,不义不仁,瞒心昧己,大斗小秤,害命杀牲,……虽有孔氏在彼立下仁义礼智之教,帝王相继,治有徒流绞斩之刑,其如愚昧不明,放纵无忌之辈何耶!我今有经三藏,可以超脱苦恼,解释灾愆。……汝等远来,待要全付与汝取去,但那方之人,愚蠢村强,毁谤真言,不识我沙门之奥旨。"又叫阿傩、伽叶引唐僧师徒到珍楼用斋。然后"开了宝阁,将我那三藏经中,三十五部之内,各检几卷与他,教他传流东土,永注洪恩"。

如来的话,重点强调东土之人"多贪多杀,多淫多诳,多欺多诈",以及"不忠不孝,不义不仁,瞒心昧己",由此导致"害命杀牲,造下无边之孽,罪盈恶满,致有地狱之灾。"而根本原因在于"愚昧不明"和"愚蠢村强"。也就是说,正是愚昧导致邪恶。而"修真之经"亦是"正善之门"。只有用真经中的道理启蒙去昧,才能让东土之人弃恶从善。与第八回中如来的话相互照应,阐明取经的意义和全书的主旨。取经路过大小国家、州城府县、村社山野,其间有昏庸的君臣、凶狠的妖魔,他们损人利己、作恶多端,依仗权势"吃人"。不明白"人生却莫把心欺,神鬼昭彰放过谁?善恶到头终有报,只争来早与来迟"的道理。最后落得或死或囚,劳教改造的下场。

三

吃过斋后,阿傩和伽叶带唐僧师徒进入宝阁,将贴了红签的三十五部经卷名目给他们一一过目。这些经卷名称,有些是真正的佛教经典,有些是作者的胡编乱写。作者认为能够启蒙去蔽,导人向善的道理,包括但不限于佛教经典范围之内。其中的一部《未曾有经》,寓意有些道理以前没有,需要我们或后人去探索。作者认为真理并不限于佛教或道教、儒教等经典,而是要像唐僧师徒一样,在日常人生和工作事业中去思考体悟。正当唐僧在看经名的时候,阿傩和伽叶却突然向他索要人事。唐僧怎么也不会想到,在如来治下的雷音寺中,他心目中的极乐世界,会出现这样的事情。他只得说:"来路迢遥,不曾备得。"两尊者却不那么好说话,笑道:"好,好,好!白手传经继世,后人当饿死矣!"这句话细细品味,是有道理的。唐僧师徒虽然历经千山万水才到灵山,可是不能因此就白白拿走经书。

从这些经书的编写、抄录、保存等成书过程来看,都是需要人力付出的,而且所费的笔墨纸砚也都不少。如来答应将五千零四十八卷免费赠与他们,连成本费都没有收取,他们已经占了很大便宜。给经卷管理人员一点小费,其实并不为过。何况他们还吃了人家的饭呢?知识付费,理所应当。如果人人都想免费取得别人的研究成果,又不想付出相应的报酬,研究者就真的没有饭吃了。孙悟空不愿付给两尊者小费,理直气壮地嚷道:"师父,我们去告如来,教他自家来把经与老孙也。"他的意思很明显,当初你在项目协议中,没有提到有收费这一项。现在突然收费,是违规操作,我要去领导那儿去举报你。阿傩见孙悟空要把事情闹大,这才把经卷交给他们。只不过交给唐僧师徒的,是他们识别不了的版本。你不让人家明着拿到好处,人家就在暗地里给你捣鬼。这就和买东西讨价还价一样,有时候买家把价格压下来,卖家就把质量降下去。你不让人家明着获利,人家就暗地里找回去。做事情不能斤斤计较,你让别人一点儿利,别人可能就给你个优惠,这样才能双赢。

燃灯古佛看到唐僧取走的是无法破解的无字真经,派出座下的白雄尊者追上师徒四人,刮起一阵风,让经卷散开。唐僧看到取来的经卷是白纸,不禁长吁短叹，怕无法回东土向唐王交差。孙悟空想到是两尊者做了手脚，又回到雷音寺中，找如来告状理论。如来笑道："你且休嚷。他两个问你要人事之情，我已知矣。但只是经不可轻传，亦不可以空取。向时众比丘圣僧下山，曾将此经在舍卫国赵长者家与他诵了一遍，保他家生者安全，亡者超脱，只讨得他三斗三升麦粒黄金回来，我还说他们忒卖贱了，教后代儿孙没钱使用。你如今空手来取，是以传了白本。白本者，乃无字真经，倒也是好的。因你那东土众生，愚迷不悟，只可以此传之耳。"他的话说得很明白，唐僧这次不得不将紫金钵盂交给阿傩当小费。阿傩接了钵盂，再次传经。"被那些管珍楼的力士，管香积的庖丁，看阁的尊者，你抹他脸，我扑他背，弹指的，扭唇的，一个个笑道：'不羞！不羞！须索取经的人事！'须臾，把脸皮都羞皱了，只是拿着钵盂不放。"钵盂是吃饭的家伙，大大方方传经，面子上是好看，可是回头没钱花，要饿肚子的。好不容易拿到饭碗，又怎么能为了面子放手呢？

四

　　唐僧让徒弟们仔细检查之后，发现经书都是正版，才与两尊者一起回到大殿，向如来表示感谢。如来对他们说道："此经功德，不可称量，虽为我门之龟鉴，实乃三教之源流。若到你那南赡部洲，示与一切众生，不可轻慢，非沐浴斋戒，不可开卷。宝之！重之！盖此内有成仙了道之奥妙，有发明万化之奇方也。"无论是让唐僧跋山涉水取经，还是默许阿傩和伽叶收取人事。如来的最终目的，是想让唐僧和东土众生对真经加以重视。因为得到得越容易，就越不被珍惜。宣传也好，炒作也罢，取经之事搞得如何大费周章，轰轰烈烈，都是为了引起重视。

　　唐僧取走经卷后，观音向如来交差。作为取经项目的执行人，她为了让任务圆满,交待八大金刚说:"汝等快使神威,驾送圣僧回东,把真经传留,即引圣僧西回。须在八日之内,以完一藏之数。勿得迟违。"暗中保护唐僧的揭谛、功曹、丁六、伽蓝向观音缴旨,观音向他们询问取经团队在路上的表现,他们评价唐僧说:"委的心虔志诚。"然后交上唐僧的灾难簿子。从"金蝉遭贬"到"凌云渡脱胎",共有八十难。这些灾难包括了唐僧由降生到脱胎换骨的整个过程,看起来很圆满。可是观音却说:"佛门中九九归真,圣僧受过八十难,还少一难,不得完成此数。"揭谛接到命令,赶上金刚。"八金刚闻得此言,刷的把风按下,将他四众连马与经,坠落下地。"

师徒四人登上东岸,一时狂风怒号,电闪雷鸣。他们急忙护住经卷、行李、白马。过了一夜,直到天明,才风停电止。孙悟空说:"我等保护你取获此经,乃是夺天地造化之功,可以与乾坤并久,日月同明。寿享长春,法身不朽:此所以为天地不容,鬼神所忌,欲来暗夺之耳。"真经已经拿到手中,可是还不能掉以轻心。四人将经卷开包晾晒,被陈家庄上的人看到,众人将他们请到陈清兄弟家中。在收拾经卷的时候,"不期石上把《佛本行

唐僧师徒降落的地点,在通天河的西岸。而这里正是取经之路的半途,距离大唐和天竺各五万四千里。正在师徒四人商量怎样过河时,当初驮他们过河的老鼋在岸边出现,并将他们驮向东岸。即将靠岸的时候,老鼋提起当年托唐僧向如来问寿数的事情。唐僧早就把这件事忘了,或者说,他压根儿没把这件事放在心上。沉吟半响,不知怎样回答。老鼋生气地潜入水中,师徒四人跟着落水。孙悟空把唐僧扶上岸,经包、衣服、鞍辔俱湿了。唐僧失信于人,又一次落入通天河中。事情虽小,承诺却重。对于唐僧来说,他并没有把老鼋所托之事放在心上。这不是他的事情,在他心中微不足道。可对于老鼋来说,却是最关心的事情。老鼋年年在河边等唐僧归来,就是想知道答案。唐僧失信,怎能不让老鼋大失所望?这一难,对于唐僧来说并不是凑数,而是他必须接受的教训。信守承诺很重要,说到就要做到。

经》沾住了几卷,遂将经尾沾破了,所以至今《本行经》不全,晒经石上犹有字迹。"唐僧懊悔道:"是我们怠慢了,不曾看顾得!"孙悟空却说:"盖天地不全。这经原是全全的,今沾破了,乃是应不全之奥妙也,岂人力所能与耶!"

他的话很有道理,正是为了修行圆满,因此必须有此一劫。也正因为如此,经卷变得不全。人都希望将事情做得尽善尽美,可是却难以达到。只要尽心尽力,就可问心无愧。缺少的经卷是《佛本行经》,并非巧合。作者想表达的是,真理并非只存在于文字之中,而是需要在具体的行事为人中体会和领悟。缺少的几卷文字,恰恰是需要在实践中补足的。与失信老鼋相比,更加重要的是,唐僧师徒为陈家庄人解除了灵感大王这一祸害。为了感谢和纪念他们的功劳,陈家庄建了一座救生寺。见到他们后,家家都来请吃斋。"还不曾坐下,又一起来请。还不曾举箸,又一起来请,络绎不绝,争不上手。"这时唐僧已脱胎换骨,就连猪八戒的食欲也减少了。师徒们前去看寺,众老都道:"这寺自建立之后,年年成熟,岁岁丰登,却是老爷之福庇。"孙悟空却说:"此天赐耳,与我们何与! 但只我们自今去后,保你这一庄上人家,子孙繁衍,六畜安生,年年风调雨顺,岁岁雨顺风调。"他不贪天之功,是谦虚的表现,与以前的好大喜功判若两人。陈家庄是取经路上,被唐僧师徒造福过的一方土地。他们四人尽管并不完美,有过缺点,犯过错误。但他们在所过之处,打击了邪恶势力,消灭了犯罪团伙。帮助国家改革积弊,拯救百姓于水火之中。正是为西行路上的百姓做了好事,才受到他们的感谢和爱戴。

五

唐僧唯恐久留,耽误大事,与徒弟们趁夜离开。八大金刚又使一阵风,将他们送到东土。他们在长安上空对唐僧说道："圣僧，此间乃长安城了。我每不好下去，这里人伶俐，恐泄漏吾像。孙大圣三位也不消去，汝自去传了经与汝主，即便回来。我在霄汉中等你，与你一同缴旨。"孙悟空说要送唐僧，金刚却怕猪八戒贪图富贵，误了期限。在取经团队中，他们最不放心的还是猪八戒。猪八戒不服，说自己也想成佛，岂有贪图之理？于是和唐僧等人一起下落到望经楼边。

　　唐王以隆重的仪式迎接了唐僧一行。唐僧向太宗交旨，报告经卷数目和徒弟们的来历，又递上通关文牒。太宗宴请唐僧师徒，又写下《圣教序》答谢唐僧。与历史上的真实文献不同，作者将原文中提到的取经时间和经卷数目，按照小说中的情节做了修改。由此可见，这部作品并非为了还原历史真实，而是为了表达作者自己的思想意图。太宗让唐僧将真经演诵一番。唐僧刚捧经登台，金刚就在空中叫道："诵经的，放下经卷，跟我回西去也。"

　　师徒四人回转灵山，来到如来面前。如来按照他们的功劳成果，加以封赏。猪八戒见唐僧和孙悟空成佛，自己却是净坛使者，向如来表示不满。若论功劳，他和二人难以相提并论。在工作中不尽心尽力，在奖励上却要和别人攀比，没有一点儿自知之明。如来没有批评他，而是说这是在照顾你。既安抚了下级的不满情绪，又没有让他难堪，大家在面子上都过得去。这些佛、菩萨、罗汉的头衔，与其说是职务，更像是学历。这是对那些曾经犯过错误、被社会抛弃的人，在痛改前非、洗心革面之后，给予的一种公开肯定和承认。从此之后，他们有了新的身份，证明他们经过教育和考核，取得了相应的成绩和成果。

　　对于孙悟空来说，最在乎的还是紧箍咒。他对唐僧说："师父，此时我已成佛，与你一般，莫成还戴金箍儿，你还念甚么《紧箍咒》捃勒我？趁早儿念个《松箍儿咒》，脱下来，打得粉碎，切莫叫那甚么菩萨再去捉弄他人。"他因为紧箍咒吃了太多的苦头，恨不得一棒将之打碎，这是可以理解的。唐僧回道："当时只为你难管,故以此法制之。今已成佛,自然去矣,岂有还在你头上之理!"孙悟空一摸,果然没有了。

紧箍咒的目的,在于管束孙悟空。唐僧在能力和威信上,都难以让孙悟空服从。事实证明,唐僧正确使用紧箍咒的时候并不多。大多数情况下,起到的是阻碍孙悟空有效打击妖怪的负面作用。可是,紧箍咒还是必要的。因为孙悟空的能力太强,没有制约的话,会影响唐僧对整个团队的领导。在"真假美猴王事件"之后,唐僧就没有念过紧箍咒了。一方面是因为他对孙悟空在取经队伍中的地位和作用,有了深刻的认识;另一方面,孙悟空在处理事情时,尽量不去触碰唐僧的底线。于是唐僧没有了使用紧箍咒的必要。尤其是经过比丘国后,唐僧对孙悟空的印象产生了根本性的变化,对他越来越言听计从,不再偏袒猪八戒。孙悟空在取经路上不断成长,越接近目的地,越能够兼顾各方面的利益和需求,尽量使每个人都满意。比如他在金平府杀死犀牛精后,将珍贵的牛角分别送给玉帝、如来以及留在府堂镇库,作日后免征灯油的证据。

是否需要紧箍咒,取决于孙悟空自身的成长和成熟程度。在他帮助唐僧完成取经大业之后,已经接近从心所欲不逾矩的境界,不需要外在的约束,就能够自觉地做正确的事情。在取经过程中,孙悟空的成长和进步是最大的。唐僧和沙和尚次之,猪八戒最少。当然,这和他们本身的基本素质和努力程度是相应的。对于唐僧师徒来说来说,取经最大的收获,是他们自身的改变。尤其是孙悟空、猪八戒和沙和尚,缺点和魔性不断减少,优点和神性不断增多,最终完成由妖魔向神佛的蜕变。唐僧也在他们的帮助下,取得了非凡的成就。全书的宗旨,就是通过追求理想、克服磨难,来改变自我、造福人群。《西游记》中所谓的神仙妖魔,不过是形形色色之人的化身,作者是在借神话讲人间的故事。

附　录

漫谈《西游记》的前生今世

一

　　《西游记》的产生,不仅仅是吴承恩个人天才的创作。在他之前,取经故事就已经流传了九百多年。而在他之后,取经故事又流传了四百多年。从唐僧取经到今天,西游取经的故事,已经流传了将近一千四百年。不仅在中国,就是在整个东亚,尤其在韩国和日本也广为流传。我们将吴承恩百回本《西游记》产生之前的故事称为"前世",产生之后的故事称为"今生",梳理下西游故事是怎样产生和发展的。

　　中国诗歌产生很早,在数千年的发展中,出现了许多优秀的作品。但却始终没有出现一部汉族的神话史诗。古印度有《罗摩衍那》、古希腊有《荷马史诗》、英格兰有《贝奥武夫》、法兰西有《罗兰之歌》、俄罗斯有《伊戈尔远征记》、德意志有《尼伯龙根之歌》。我们的藏族同胞,有《格萨尔王传》。但是汉族却没有这样一部描写祖先和英雄事迹的神话史诗。从中国古代神话来看,盘古、女娲、三皇、五帝,都有可能成为神话史诗的主人公。而盘古开辟、女娲补天、后羿射日、大禹治水这些古代神话故事,完全可以成为史诗中的内容。

　　但是很遗憾,在《山海经》和《淮南子》等古代文献里,对上古神祇和英雄的传说,只有零星的记载。究其原因,可能是中国文字产生得太早,本来口口相传的神话故事,在没有完善成型之前,就被以简洁的文字记录了下来。或者是汉族过早地进入农耕社会,适应了定居生活,缺少四处漂泊的流浪诗人。又或者是孔老夫子,关于不语"怪力乱神"和"敬鬼神而远之"的教导,影响到后世的文人和诗人们,更多地关注社会现实,而不是神话传说。总之,不论是出于什么原因,汉族始终没有出现一部神话史诗。但是,明代的小说家吴承恩,为我们贡献出一部神话史诗作品《西游记》,塑造出一个神话英雄人物孙悟空。

二

在小说《西游记》的故事中,虽然取经的主角依然是唐僧,但主人公变成了他的徒弟孙悟空。这种变化是怎样形成的呢?这还要从唐僧,也就是历史上的玄奘法师去印度取经说起。在《西游记》的第十二回,唐王李世民在给唐僧送行时,从地上拾起一撮尘土,弹入酒杯中,对唐僧说了一句煽情的话:"宁恋本乡一捻土,莫爱他乡万两金。"但实际上,在贞观初年(另一种说法是贞观三年)。玄奘法师要到印度取经时,并没有得到唐王和朝廷的批准。他是偷渡国境,取道西域,途经数十国,备受艰难险阻,最后用了 17 年,行程几万里,从印度取回了 657 部经书。为古代中印文化的交流和中国佛教的发展,作了巨大的贡献。被鲁迅称为"民族的脊梁",被梁启超称为"千古一人"。

玄奘当初是违反禁令,偷越国境去印度取经的。取经归来后,唐太宗听说他途经西域和印度的很多国家,便让他将路上的见闻写出来。要了解这些国家的山川地形、城邑关防、风土人情、文化政治等情况。为大唐日后对这些国家展开军事和外交活动,提供详尽的资料。玄奘法师当然明白唐太宗的用意,用了一年的时间,由他口述、弟子笔录,写成了《大唐西域记》

一书。写成之后,唐太宗很满意,不仅对他"偷越国境"的事既往不咎,还想让他在朝廷做官。但是玄奘一心想翻译经书,婉拒了唐太宗的要求。玄奘去世后,他的弟子们撰写了《大慈恩寺三藏法师传》。该书在《大唐西域记》的基础上,增加了玄奘的生平事迹和游学经历,对取经路上故事的描写,也更加具有传奇色彩。后世的取经故事,正是从这两部书上取得素材,不断流传下去的。

晚唐出现的"传奇",是中国最早的成熟小说形态,宋代又出现了话本文学。所谓"话本",就是"说话人"说话所依据的底本,即师徒相传的"说话"的书面记录。话本针对的是听众,采用的是口语,因此具有口头文学的性质。而我们今天所见到的话本,是经过下层文人的加工润色,能够为读者阅读的话本小说。宋代的《大唐三藏取经诗话》,就是由话本发展形成的话本小说,是民间集体创作的结果。在《大唐三藏取经诗话》里,百回本小说《西游记》的主要人物,基本上都已经出现。尽管经过文人加工和润色,但保存了民间文学的原始风貌,反映了市民的审美追求和世俗生活的特点。《大唐三藏取经诗话》是西游故事发展中的重要环节,为主要人物和情节初步定型做出了重要的准备。

而在元代出现的《西游记》杂剧中,不但主要人物唐僧、孙悟空、猪八戒、沙和尚和白龙马都已经出现,而且情节和百回本更加接近。已经包括大闹天宫、唐僧出世、收伏八戒、女儿国、火焰山等主要故事内容。在《西游记》杂剧中,民间化的程度比《大唐三藏取经诗话》更高。《大唐三藏取经诗话》中还保留着对宗教的虔诚,而《西游记》杂剧无论是书写的语言,还是情节的构造,以及人物的性格,都有浓厚的世俗气息和滑稽调笑的意味。而在《西游记》成书前,还有一个过渡本《西游记平话》,可惜已经失传。从文学发展的角度推测,应该与百回本的故事更加接近。

我们从《西游记》成书前,西游故事演变的过程来看,这部小说的形成与民间文化的丰富想象力、创造力是分不开的。故事开始传播时,具有浓

附录 漫谈《西游记》的前生今世

厚的宗教和官方色彩,后来世俗和民间气息越来越浓厚。主要人物也由唐僧这个具有浓厚宗教色彩的历史人物,变成具有民间特色的神话英雄孙悟空。关于孙悟空的原型,历代研究者众说纷纭,但影响最大的有两种:一种是本土说,在我们的古代志怪小说,比如《搜神记》和《补江总白猿传》中,就有猿猴成精的故事。《古岳渎经》中的涡水神无支祁长得很像猿猴,与孙悟空在神通和个性上相似。被认为是孙悟空的雏形。另一种是外来说,在古代印度史诗《罗摩衍那》中,有一个善于变化、勇敢正义的神猴哈奴曼,与孙悟空的形象也很接近,被一些学者认为是孙悟空的原型。这两种说法都有道理,或许,孙悟空是受到了多个像无支祁和哈奴曼这样的妖猴或神猴的形象影响,最后才演变成百回本《西游记》中的猴王形象的。

三

今天比较普遍的看法认为,明代百回本《西游记》的作者是吴承恩。《淮安府志》记载,吴承恩"性敏而多慧,博极群书,为诗文下笔立成。清雅流丽,有秦少游之风"。但他科考不利,至中年才补上"岁贡生",后流寓南京,长期靠卖文为生。曾短暂地当过一段时间县丞,由于看不惯官场的黑暗,不久愤而辞官,贫老以终。由此可见,他是一个既有才华又有个性的文人。

自从明代吴承恩百回本《西游记》出现后,在明清出现过很多的版本。主要有世德堂本,即《新刻出像官板大字西游记》、清白堂本《新绣全像西游记传》,与以上两个版本内容基本相同的《唐僧西游记》和《李卓吾先生批评西游记》,这些都是明朝的版本。清朝有署名丘长春的《西游记证道书》,清代陈士斌评的《西游真诠》、张书绅评《新论西游记》、刘一明评《西游原旨》、张含章评《通易西游正旨》。我们今天看到的作家出版社(1954)

和人民文学出版社(1980)的版本,均以世德堂本为底本。与百回本不同的,有十卷"朱本"《唐三藏西游释厄传》,四十回"杨本"《西游记传》。后者被万历年间的书坊主人余象斗收入《四游记》。

吴承恩百回本的《西游记》故事出现之后,取经的故事仍然在流传。而且多多少少会受到这部小说的影响。这种影响在文学、戏曲领域,出现了《续西游记》《后西游记》和《西游补》等作品。到了20世纪电影和电视的出现,让《西游记》的影响超出了文学,通过影像的方式,更广泛地得到传播。自从20世纪20年代起,《西游记》的故事就开始被陆续地搬上银幕,包括《盘丝洞》《火焰山》《真假孙悟空》《猪八戒招亲》《孙悟空三打白骨精》《孙悟空七打九尾狐》等一大批根据《西游记》中的某段故事改编成的作品。六七十年代,邵氏电影公司推出了5部西游系列电影《西游记》《铁扇公主》《盘丝洞》《女儿国》《红孩儿》,基本符合《西游记》原著的故事脉络。

但是1995年的香港电影《大话西游》(包括上部《月光宝盒》和下部《大圣娶亲》),却对原著进行了大胆的颠覆和改写。这两部电影在开始上映的时候,几乎没有什么影响。直到1997年后,才开始在内地高校和网络上流传并迅速走红,风靡一时。对《大话西游》的评价,基本处于两极,要么非常喜欢,奉为经典;要么十分鄙夷,不屑一顾。主要的原因在于,影片对《西游记》原著中的人物和故事,进行了后现代无厘头的改写。尤其是主人公孙悟空和唐僧的形象,完全被颠覆。其中最大的突破,就是孙悟空有了爱情戏。这对之后的西游题材电影和网络小说,产生了重要的影响。21世纪初上映的系列电影《大闹天宫》和《孙悟空三打白骨精》《西游记女儿国》中,孙悟空和九尾狐、唐僧和白骨精、女儿国国王之间的关系暧昧不明。原来不食人间烟火的英雄和高僧,被赋予更多的人性和感情色彩。

在2016年的《万万没想到:西游篇》里,孙悟空成了一个打酱油的角色。2017年,《大梦西游》系列西游题材电影,对大众熟知的剧情进行了重

附录　漫谈《西游记》的前生今世

新演绎。2018 年推出的《齐天大圣·万妖之城》《大圣伏妖》等影片,都属于蹭《西游记》热度的作品。《魔游记》和《大神猴》系列电影的主角,已经不是唐僧或孙悟空。前者保留了取经的情节,但人物形象和定位被改变。唐僧成为小孩江流儿,孙悟空也变成了少女天诛焱。后者的主人公孙小天,是从孙悟空形象衍生出的人物,情节与《西游记》已没有多大关系。截至 2020 年的《孙悟空大战盘丝洞》,影视改编西游故事的热度依然不减,但质量却差强人意。

　　《大话西游》不仅对孙悟空的形象颠覆很大,对唐僧的形象颠覆,更是有过之而无不及。影片中唐僧的那首 *Only You*,完全颠覆了原著中的高僧形象。在之后的西游题材电影中,《情癫大圣》《西游降魔篇》和《西游伏妖篇》,脱离《西游记》的原有故事情节,对《大话西游》的剧情加以延伸,甚至加入了科幻元素。在这些影片中,唐僧开始取经或继续取经的原因,在很大程度上与经历了爱情的幻灭有关。但对唐僧形象改变最大的,还不是中国的电影。自从 1970 年开始,西游故事在日本被拍成电视剧,统称为《西游记系列》。里面的唐僧被称为三藏法师,由当红女星夏目雅子反串。在之后的日本影视剧中,唐僧都由女演员来扮演,演变为具有女性气质的高僧形象。而在 1993 年,日本电视台建台 40 周年时播出的《西游记》中,三藏法师完全变为女性。从此日本影视剧中的西游故事,离《西游记》小说的原著情节越来越远。

四

　　既然说到电视剧,我们再来看一下中国的西游题材电视剧的情况。最为我们熟知的,当然是 20 世纪 80 年代由六小龄童扮演孙悟空的《西游记》,在所有影视改编作品中,是比较忠实于原著的。1986 年播出的前 25

集和 2000 年播出的后 14 集虽然相距十多年,但都是让人百看不厌的经典之作。在 2010 年和 2011 年,又先后推出由程力栋和张纪中执导的《西游记》,故事虽然基本上忠实于原著,但在具体情节上却都有部分改动。1996年,香港 TVB 也推出了一部由张卫健主演的《西游记》,但较之前的版本来说,对原著的改动是相当大的。2002 年,台港合拍的《齐天大圣孙悟空》,依旧由张卫健主演,发挥演绎的成分非常多。在改编《西游记》电视剧出现的同时,一些衍生的作品也相继出现。比如 2000 年前后出品的《西游记后传》和《春光灿烂猪八戒》,已经与取经没有什么关系,基本上是根据《西游记》中出现的人物自由演绎的故事。

除了影视,《西游记》也被改编成动漫,其中最经典的是上海美术电影制片厂在 20 世纪 60 年代和 80 年代制作的动画《大闹天宫》《人参果》和《金猴降妖》。而 2015 年的《大圣归来》,从一个全新的角度演绎了唐僧和孙悟空的形象。1999 年国产的 52 集动画片《西游记》,基本上忠实于原著,故事是所有西游动画中最全的。此外,衍生的西游动画还有《金箍棒传奇》系列,以轻松爆笑风格为主,故事中加入了很多流行时尚元素。《西行记》作为续西游的故事,以"还经"为线索,对主要人物形象,进行了重新演绎。最突出的特色,是加入了很多印度神话元素。在"后西游"动画《宝莲灯》和《大王不高兴》中,孙悟空作为主角的"老师"登场。而在《雄兵连》中,孙悟空担当了类似"教官"的角色。在《大王不高兴》和《雄兵连》中,孙悟空的对手已经不是中国神话人物,而是西方的鬼怪,甚至是星际间的天使和恶魔。他的形象越来越具有世界化和宇宙化色彩。《西游记》对韩国和日本的动画也有广泛的影响。比如由动漫《MR. 孙》改编成的《幻想西游记》,在韩国的收视率非常高,故事有明显的科幻色彩。而在日本动漫《悟空道》《最游记》和《七龙珠》中,人物情节和故事,几乎完全日本化和科幻化。只能勉强算得上是《西游记》的衍生作品。而高桥留美子创作的动漫《犬夜叉》,明显受到了《西游记》的影响。

　　最后,我们再说一下网络文学中的西游故事。其中最有名的是《悟空传》,这是一部具有黑色幽默色彩的作品。与《悟空传》同时以及稍后出现的有《唐僧传》《天蓬传》《沙僧传》《唐僧情史》等西游题材作品。作者们用第一人称和各种不同的视角,重新改写西游取经的故事,这些作品大多具有讽刺幽默的风格。

　　通过对西游故事前世今生的追溯,我们可以发现,在过去将近一千四百年的时间里,明代吴承恩的百回本《西游记》,是所有西游故事中的轴心,也是高峰。几乎所有的西游故事,都与这部作品有着或多或少的关系。唐僧取经的西游故事,已经成为中国甚至是亚洲文化的重要组成部分。尤其是在 21 世纪的影视动画、网络文学作品中,西游题材不断升温。这说明西游取经故事,已经融入中国文化的血脉之中。而在以后,也必将对中国文化,尤其是大众文化,继续产生深远的影响。